U0502212

最美的诗词故事
大全集

周成龙　主编

第二卷

目 录

一生好入名山游:诗词中的山川风景

此情可待成追忆——传说中的爱恨情愁

目　录

· 3 ·

一生好入名山游

诗词中的山川风景

第三章：晨钟暮鼓闻梵音——
向往的人生仙境

安得仙人九节杖，挂到玉女洗头盘
——西岳峥嵘我为峰

望 岳

杜甫

西岳崚嶒竦处尊，诸峰罗立似儿孙。

安得仙人九节杖，挂到玉女洗头盘。

车箱入谷无归路，箭栝通天有一门。

稍待秋风凉冷后，高寻白帝问真源。

中国人总称自己是"中华民族"，"华夏儿女"，可在称呼后你可曾思索过其中"华"字的来历？据近代著名学者章太炎先生考证，"中华"、"华夏"皆藉华山而得名。据《尚书》载，华山是"轩辕夯地会群仙之所"。《史记》也说皇帝虞舜都曾到过华山巡守。原来华山还是中华民族文化的发祥地之一。

华山古称"西岳"，是我国著名的五岳之一，位于陕西省华阴市境内，距西安120公里。它南接秦岭，北瞰黄渭，扼守着大西北进出中原的门户，素有"奇险天下第一山"之称。山形远望如莲花盛开，古时"华""花"通用，故名华山。华山峥嵘雄险，壁立千仞，海拔2200多米，向有"华山天下雄"之誉。

华山有东、西、南、北、中五峰，主峰有南峰"落雁"、东峰"朝阳"、西峰"莲花"，三峰鼎峙，"势飞白云外，影倒黄河里"，人称"天外三峰"。由玉女峰去东峰，可到观日出处。附近有仙人亭、下棋亭。从东峰到西峰要经过南天门，这一段是华山最险峻的长空栈道。在西峰可观落日。从山麓出发，经过白云观、玉泉院、青柯坪，越过著名的险径"千尺"、"百尺峡"可达北峰。还有云台、玉女二峰相辅于侧，36小峰罗列于前，虎踞龙盘，气象森森，因山上气候多变，形成"云华山"、"雨华山"、"雾华山"、"雪华山"给人以仙境美感，是所谓的西京王气之所系。

东峰海拔2090米，是华山主峰之一，因位置居东得名。峰顶有一平台，居高临险，视野开阔，是著名观日出的地方，人称朝阳台，东峰也因此被称为朝阳峰。东峰由一主三仆四个峰头组成，朝阳台所在的峰头最高，玉女峰在西、石楼峰居东，博台偏南，宾主有序，各呈千秋。古人称华山三峰，指的是东西南三峰，玉女峰则是东峰的一个组成部分。今人将玉女峰称为中峰，使其亦作为华山主峰单独存在。

古时称登东峰道路艰险，《三才图会》记述说：山岗如削出的一面坡，高数十丈，上面仅凿了几个足窝，两边又无树枝藤蔓可以攀援，登峰的人只有爬在岗石上，手脚并用才能到达峰巅。今已开辟并拓宽几条登峰台阶路，游人可安全到达。

东峰顶生满巨桧乔松，浓荫蔽日，环境非常清幽。游人自松林间穿行，上有团团绿荫，如伞如盖，耳畔阵阵松涛，如吟如咏，顿觉心旷神怡，超然物外。明书画家王履在《东峰记》中谈他的体会说：高大的桧松荫蔽峰顶，树下石径清爽幽静，风穿林间，松涛涌动更添一段音乐般的韵致，其节律，此起彼伏，好像吹弹丝竹，敲击金石，多么美妙！

东峰有景观数十余处，位于东石楼峰侧的崖壁上有天然石纹，像一巨型掌印，这就是被列为关中八景之首的华岳仙掌，巨灵神开山导河的故事就源于此；朝阳台北有杨公塔，与西峰杨公塔遥遥相望，为杨虎城将军所建，塔上有杨虎城将军亲笔所题"万象森罗"四字。此外，东峰还有青龙潭、甘露池、三茅洞、清虚洞、八景宫、太极东元门等。遗憾的是有些景观因年代久远或天灾人祸而废，现仅存遗址。八十年代后，东峰部分景观逐步得以修复。险道整修加固，亭台重新建造，在1953年毁于火患的八景宫

一生好入名山游：诗词中的山川风景

旧址上，已重新矗立起一栋两层木石楼阁一座，是为东峰宾馆。

南峰海拔2154.9米，是华山最高主峰，也是五岳最高峰，古人尊称它是"华山元首"。登上南峰绝顶，顿感天近咫尺，星斗可摘。举目环视，但见群山起伏，苍苍莽莽，黄河渭水如丝如缕，漠漠平原如帛如绵，尽收眼底，使人真正领略华山高峻雄伟的博大气势，享受如临天界，如履浮云的神奇情趣。

峰南侧是千丈绝壁，直立如削，下临断层深壑，同三公山、三凤山隔绝。南峰由一峰二顶组成，东侧一顶叫松桧峰，西侧一顶叫落雁峰，也有人说南峰由三顶组成，把落雁峰之西的孝子峰也算在其内。这样一来，落雁峰最高居中，松桧峰居东，孝子峰居西，整体形象像一把圈椅，三个峰顶恰似一尊面北而坐的巨人。明朝人袁宏道在他的《华山记》一书中记述南峰形象说："如人危坐而引双膝。"

落雁峰名称的来由，传说是因为回归大雁常在这里落下歇息。峰顶最高处就是华山极顶，登山人都以能攀上绝顶而引以为豪。历代的文人们往往在这里豪情大发，赋诗挥毫，不一而足，因此留给后世诗文记述颇多。峰顶摩崖题刻更是琳琅满目，俯拾皆是。冯贽在他的《云仙杂记》中记述唐诗人李白登上南峰感叹说："此山最高，呼吸之气想通天帝座矣，恨不携谢朓惊人句来搔首问青天耳。"宋代名相寇准写下了"只有天在上，更无山与齐。举头红日近，俯首白云低"的脍炙人口的诗句。落雁峰周围还有许多景观，最高处有仰天池、黑龙潭，西南悬崖上有安育真人龛、迎客松等。

松桧峰稍低于落雁峰，而面积大于落雁峰。峰顶乔松巨桧参天蔽日，因而叫松桧峰。华阴名儒王宏撰称松桧峰是南峰之主。峰上建有白帝祠，又名金天宫，是华山神金天少昊的主庙。因庙内主殿屋顶覆以铁瓦，也有称其铁瓦殿的。松桧峰周围有许多景观，主要有八卦池、南天门、朝元洞、长空栈道、全真岩、避诏岩、鹰翅石、杨公亭等。历代状写华山南峰的诗文很多，明书画家王履有《南峰顶》诗：搔闻问青天，曾离李谪仙。顿归贪静客，飞上最高巅。气吐鸿蒙外，神超太极先。茅龙如何借，直到五城边。

西峰海拔 2082 米，华山主峰之一，因位置居西得名。又因峰巅有巨石形状好似莲花瓣，古代文人多称其为莲花峰、芙蓉峰。袁宏道在他的《华山记》中记述："石叶上覆而横裂"；徐霞客《游太华山日记》中也记述："峰上石耸起，有石片覆其上，如荷花。"李白诗中有"石作莲花云作台"，也指此石。西峰为一块完整巨石，浑然天成。西北绝崖千丈，似刀削锯截，其陡峭巍峨、阳刚挺拔之势是华山山形之代表，因此古人常把华山叫莲花山。

登西峰极目远眺，四周群山起伏，云霞四披，周野屏开，黄渭曲流，置身其中若入仙乡神府，万种俗念，一扫而空。宋代隐士陈抟在他的《西峰》诗中就有"寄言嘉遁客，此处是仙乡"的名句。

西峰南崖有山脊与南峰相连，脊长 300 余米，石色苍黛，形态好像一条屈缩的巨龙，人称为屈岭，也称小苍龙岭，是华山著名的险道之一。

西峰上景观比比皆是，有翠云宫、莲花洞、巨灵足、斧劈石、舍身崖等，并伴有许多美丽的神话传说，其中尤为沉香劈山救母的故事流传最广。峰上崖壁题刻遍布，工草隶篆，琳琅满目。峰北绝顶叫西石楼峰，峰上杨公塔为杨虎城将军所建，塔上有杨虎城将军亲笔题词。塔下岩石上有"枕破鸿蒙"题刻，是书法家王铎手迹。

古今文人吟咏西峰的诗文很多，唐代乔师对有《西峰秦皇观基浮图铭》，明代书画家王履有《始入华山至西峰记》，甚至唐代国子监殿试也以莲花峰为题。唐代刘得仁的一首《监试莲花峰》诗写道：太华万余重，岧峣只此峰。当秋倚寥泬，入望似芙蓉。翠拔千寻直，青危一朵秾。气分毛女秀，灵有羽人踪。倒影便关路，流香激庙松。尘埃终不及，车马自幢幢。

北峰海拔 1614 米，为华山主峰之一，因位置居北得名。北峰四面悬绝，上冠景云，下通地脉，巍然独秀，有若云台，因此又名云台峰。唐李白《西岳云台歌送丹丘子》诗曾写到："三峰却立如欲摧，翠崖丹谷高掌开。白帝金精运元气，石作莲花云作台。"

峰北临白云峰，东近量掌山，上通东西南三峰，下接沟幢峡危道，峰头是由几组巨石拼接，浑然天成。绝顶处有平台，原建有倚云亭，现留有遗址，是南望华山三峰苍龙岭的好地方。峰腰树木葱郁，秀气充盈，是攀登华山绝顶途中理想的休息场所，1996 年开通的登山缆车上站，即在北峰之东壁。

峰上景观颇多，有影响的如真武殿、焦公石室、长春

最美的诗词故事大全集

石室、玉女窗、仙油贡、神土崖、倚云亭、老君挂犁处、铁牛台、白云仙境石牌坊等，且各景点均伴有美丽的神话传说。

长春石室是唐贞观年间道士杜怀谦隐居之处。传说杜怀谦苦心修炼断谷绝粒，喜好吹奏长笛，经常叫徒弟买回很多竹笛，吹奏完一曲，就把笛投于崖下，投完后再买，往而复始，从未间断。因他能栖息崖洞中累月不起，便自号长春先生。

真武殿为供奉镇守九州的北方之神真武大帝而筑。焦公石室、仙油贡、神土崖皆因焦道广的传说得名。相传北周武帝时，道士焦旷，字道广，独居云台峰，餐霞饮露，绝粒辟谷，身边常有三青鸟，向他报告未来之事。武帝宇文邕闻知他的大名，便亲临山庭问道，并下令在焦公石室前建宫供他居住。筑宫时，峰上无土缺乏灯油，焦道广默祷，便有土自崖下涌出，源源不绝。油缸里的油也隔夜自满，用之不竭。后来人们就把涌土的地方叫神土崖，把放油缸的地方叫仙油贡。

中峰居东、西、南三峰中央，是依附在东峰西侧的一座小峰，古时曾把它算作东峰的一部分，今人将它列为华山主峰之一。峰上林木葱茏，环境清幽，奇花异草多不知名，游人穿行其中，香浥襟袖。峰头有道舍玉女祠，传说是春秋时秦穆公之女弄玉的修身之地，因此峰又被称为玉女峰。史志记述，秦穆公之女弄玉姿容绝世，通晓音律，一夜在梦中与华山隐士萧史笙箫和鸣，互为知音，后结为夫妻，由于厌倦宫廷生活，双方乘龙跨凤来到华山。

中峰多数景观都与萧史弄玉的故事有关。如明星玉女崖、玉女洞、玉女石马、玉女洗头盘等。玉女祠建在峰头，传说当年秦穆公追寻女儿来到华山，一无所获，绝望之时只好建祠纪念。祠内原供有玉女石尊一尊，另有龙床及凤冠霞帔等物。峰上还有石龟蹼、无根树、舍身树等景观，与其相关的传闻都妙趣横生，从不同角度丰富了中峰的内涵，增添了中峰的神奇与美丽。

古人抒写玉女及玉女峰的诗文较多。唐代杜甫在他的《望岳》诗中有"安得仙人九节杖，挂到玉女洗头盘"；唐代王翰有《赋得明星玉女坛送廉察尉华阴》诗；明代顾咸正《登华山》诗中有"金神法象三千界，玉女明妆十二楼"等等。这些诗文更为中峰锦上添花，是不可多得的研究中峰的宝贵资料。

"玉女峰"浪漫的爱情故事等等，给奇险的西岳华山增添了一种诱人的人文氛围，蒙上了一层神秘的面纱，带着一种想了解一切的渴望，还是让我们一起看看无限风光在险峰的华山吧！

攀登华山不仅能让人们领略它雄伟的气势，寻访和了解道教文化的遗存，而且还是一次勇气和体力的考验。人们游完华山都会为自己的胆量与体能能经受这样一次考验而感到自豪和喜悦。

爱国诗人陆游当年也曾转战于此，平添了许多豪气，写下了饱含爱国之情的诗篇——《桃源忆故人》：栏干几曲高斋路，正在重云深处，丹碧未乾人去，高栋空留句，离离芳草长亭暮，无奈征车不住，惟有断鸿烟渚，知我频回顾。

萧萧茅屋秋风起，一夜雨声羁思浓
——白马驮来第一刹

宿白马寺

张继

白马驮经事已空，断碑残刹见遗踪。

萧萧茅屋秋风起，一夜雨声羁思浓。

在河南洛阳市东郊一片郁郁葱葱的长林古木之中，有一座被称为"中国第一古刹"的白马寺。这座 2000 多年前建造在邙山、洛水之间的寺院，以它那巍峨的殿阁和高峭的宝塔，吸引着一批又一批的游人。

白马寺是佛教传入中国后由官方营造的第一座寺院。它的营建与我国佛教史上著名的"永平求法"紧密相连。相传汉明帝刘庄夜寝南宫，夜梦金神头放白光，飞绕殿庭。次日得知梦为佛，遂遣使臣蔡音、秦景等前往西域拜求佛法。蔡、秦等人在月氏（今阿富汗一带）遇上了在该地游化宣教的天竺（古印度）高僧迦什摩腾、竺法兰。蔡、秦等于是邀请佛僧到中国宣讲佛法，并用白马驮载佛经、佛像，跋山涉水，于永平十年（67 年）来到京城洛阳。汉明帝敕令仿天竺式样修建寺院。为铭记白马驮经之功，遂将寺院取名"白马寺"。

从白马寺始，我国僧院便泛称为寺，白马寺也因此被认为是我国佛教的发源地。历代高僧甚至外国名僧亦来此览经求法，所以白马寺又被尊为"祖庭"和"释源"。

白马寺坐北面南，总面积二百余亩，其主体建筑有：天王殿、大佛殿、大雄殿、接引殿、毗卢阁五层殿堂及中国第一释迦舍利塔。白马寺是一处保存完整、古色古香的古建筑群。游览白马寺，不但可以瞻仰那些宏伟、庄严的殿阁和生动传神的佛像，而且可以领略几处包含有生动历史故事的景物。

天王殿系元代建筑，明清两代均重修，为一座单檐歇山式建筑。殿基高 0.9 米，长 20.5 米，宽 14.5 米，是明朝由原山门殿改建而成的。整个建筑面阔五间，进深三间，四周绕以回廊。屋顶正脊有"风调雨顺"、后脊有"国泰民安"几个大字。天王殿正中置木雕佛龛，龛顶和四周有 50 多条姿态各异的贴金雕龙。龛内供置弥勒佛，即"欢喜佛"。他笑口大开，赤脚打坐，形象生动有趣，令人忍俊不禁。在佛教传说中，弥勒菩萨将继承释迦牟尼佛位，成为未来佛。可是这尊却以另一个民间传说为蓝本：相传五代时，浙江一带有位名叫契此的和尚，他经常用一根锡杖肩背一个布袋来往于热闹的街市，人们叫他布袋和尚。这位和尚逢人乞讨，随地睡觉，形似疯癫。他在临死时，说了这样一个偈："弥勒真弥勒，分身千百亿。时时示时人，时人自不识。"于是人们就把他当做弥勒的化身，并根据他的形象塑造了一尊佛像，供在寺内的天王殿里。这是印度佛教中国化的一个缩影。殿内两侧，坐着威风凛凛的四大天王，是佛门的守护神。弥勒佛像之后是韦驮天将，佛教的护法神，昂然仁立，显示着佛法的威严。

天王殿后是一座大佛殿，长22.6米，宽16.3米，殿脊前部有"佛光普照"、后部有"法轮常转"各四个字。是白马寺举行重大佛事活动的场所，现存殿堂为明代建筑。殿内正中供奉着七尊造像，中间为释迦牟尼，左为摩诃迦叶，右为阿难。这三尊佛像构成了"释迦灵山会说法像"。这取材于一个佛教禅宗典故。据说有一次释迦牟尼在灵山法会上面对众弟子，闭口不说一字，只是手拈鲜花，面带微笑。众人十分惘然，只有摩诃迦叶发出了会心的微笑。释迦牟尼见此，就说："我有正眼法藏，涅槃妙心，实相无相，微妙法门，不立文字，教外别传。"这样，摩诃迦叶就成了这"不立文字，教外别传"禅宗传人，中国佛教禅宗也奉摩诃迦叶为西土第一祖师。白马寺大佛殿的"释迦灵山会说法像"就是根据此传说塑造而成的。三佛旁边，还有手拿经卷的文殊和手持如意的普贤两个服侍菩萨。释迦牟尼佛像背后是观音菩萨像。殿内还有一口引人注目的大钟，高1.65米，重1500公斤，上饰盘龙花纹，刻有"风调雨顺，国泰民安"等字，并附诗一首："钟声响彻梵王宫，下通地府震幽冥。西送金马天边去，急催东方玉兔升。"据传此口钟与当时洛阳城内钟楼上的大钟遥相呼应，每天清晨，寺僧焚香诵经，撞钟报时，洛阳城内的钟声也跟着响起来。民间流传"东边撞钟西边响，西边撞钟东边鸣"的佳话。清代孙云霞有诗云："蒲牢怒主夜阑清，袅袅

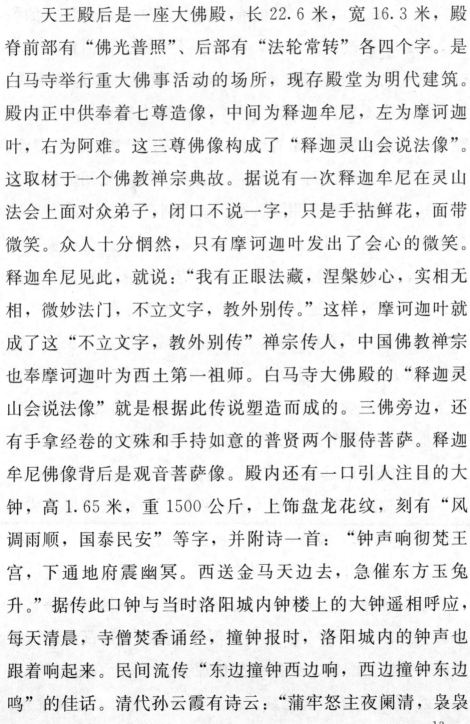
一生好入名山游：诗词中的山川风景

曳风出化城。惊觉洛阳千户晓，银床未转辘轳声。"被称为洛阳八大景之一的"马寺钟声"即由此而来。

大佛殿之后，是一座悬山式建筑"大雄宝殿"。它长22.8米，宽14.2米。殿前有一月台，是寺院内最大的殿宇。由歇山顶改为悬山顶，面积有所缩小。殿内贴金雕花的大佛龛内塑的是三世佛：中为婆娑世界的释迦牟尼佛，左为东方净琉璃世界的药师佛，右为西方极乐世界的阿弥陀佛。三尊佛像前，站着韦驮、韦力两位护法天将的塑像，执持法器。两侧排列十八尊神态各异、眉目俊朗的罗汉塑像。这十八罗汉都是用漆、麻、丝、绸在泥胎上层层裱裹，然后揭出泥胎，制成塑像，这种"脱胎漆"工艺叫夹苎干漆工艺，在国内是独一无二的，乃寺中塑像之精品。背后殿壁上还排列整齐地刻镂着五千余尊微型佛像。

大雄宝殿后有接引殿，为一般寺院所罕见。长14米，进深10.7米。为双层殿基，是寺内最小建筑。殿内供西方三圣。中为阿弥陀佛立像，左边为持净瓶的观世音菩萨，右边握牟尼宝珠的是大势至菩萨，均为清代泥塑。

毗卢阁是白马寺内最后一座佛殿，坐落于清凉台上，系一组庭院式建筑。正面大殿毗卢殿为重檐歇山楼阁式建筑，长15.8米，宽10.6米，初建于唐，元、明、清历代都曾重修。阁内正中有一座砖台座，设一木龛，龛内供奉一尊毗卢佛像，左立文殊，右立普贤，这一佛两菩萨，在佛教中合称"华严三圣"。毗卢阁外两侧有两座配殿，即摄摩腾与竺法兰配殿，分置二高僧泥塑像，以示纪念。今山门东西两侧尚有二僧之墓。毗卢阁重檐歇山，飞翼挑角，蔚为壮观，配殿、僧房等附属建筑，布局整齐，自成院落。

在古色古香的白马寺山门内大院东西两侧茂密的柏树丛中，各有一座坟冢，这就是有名的"二僧墓"。东边墓前石碑上刻有"汉启道圆通摩腾大师墓"，西边墓前石碑上刻有"汉开教总持竺法大师墓"。这两座墓冢的主人便是拜请来汉传经授法的高僧——迦什摩腾和竺法兰。石碑上的封号是宋徽宗赵佶追封的。在清凉台上还有二位高僧的塑像。它们寄托着中国佛门弟子对二位高僧的敬慕之情。

清凉台被称为"空中庭院"，是白马寺的胜景。清朝康熙年间，寺内住持和尚如诱曾作诗赞美道："香台宝阁碧玲珑，花雨长年绕梵宫，石磴高悬人罕到，时闻清磬落空蒙。"这个长 43 米，宽 33 米，高 6 米，由青砖镶砌的高台，具有古代东方建筑的鲜明特色。相传原为汉明帝刘庄幼时避暑和读书的处所，后来迦叶摩腾和竺法兰在此译经传说，立下了开教之功，所以人们称此处为中国佛教的"摇篮"。东汉之后，历代均将这里作为藏经之处。台上的主建筑为毗庐阁，殿内供"毗庐佛"，也称"大日如来"。

白马寺东南有一座齐云塔，为方形密檐式砖塔。塔边长 7.8 米，通高 35 米，13 层。每层南边开一拱门，可以登临眺望。旧与清凉台、腾兰墓、断文碑、夜半钟、焚经台合称"白马寺六景"。千百年来，民间流传两句谚语："洛阳有座齐云塔，离天只有一丈八。"原是五代后唐李存惠修造的九级木结构佛塔，高 500 尺。

寺南还有两座夯筑高土台，台上立着一块"东汉释道焚经台"字样的通碑，这就是"六景"之一的焚经台。这个焚经台记述了佛教徒与中国方士之间的一场角逐，以佛教取胜而告终，汉朝佛教由此兴盛。

白马寺中还种有许多石榴树。白马寺的石榴汉魏时曾誉满京师。石榴原产于安息（今伊朗），在汉代同佛经、佛像一起传入中国，并最多在洛阳、长安落户。当时人们赞美石榴，把它作为中外人民交往的标志，石榴的身价倍增，白马寺的石榴，亦有"白马甜榴，一实值牛"的说法。白马寺作为我国第一古刹，在中国佛教史和对外文化交流史上占有着极其重要的地位。

"明月欠古寺，林外登高楼。南风开长廊，夏日凉如秋。"这是唐朝诗人王昌龄笔下的白马寺。今天这座著名古刹仍名扬海内外，巍然屹立在邙山脚下。

峨眉山月半轮秋，影入平羌江水流
——梵歌毓秀的世界

峨眉山月歌

李白

峨眉山月半轮秋，影入平羌江水流。

夜发清溪向三峡，思君不见下渝州。

峨眉山是我国的四大佛教名山之一，位于四川中南部，四川盆地西南边缘的峨眉境内，距成都约一百六十公里，在峨眉山市西南七公里处。高出五岳，秀甲天下。在我国的游览名山中，峨眉山可以说是最高的一个。

主峰万佛顶海拔 3099 米，次峰金顶海拔 3075 米，三峰千佛顶海拔 3046 米。山体南北方向延伸，绵延 23 公里，面积 115 平方公里。长久以来，峨眉山以其秀丽的自然风光和神话般的佛教胜迹而闻名于世。她古雅神奇，巍峨媚丽。其山脉绵亘曲折、千岩万壑、瀑布溪流、奇秀清雅。素有"一山有四季，十里不同天"之妙喻。清代诗人谭钟岳将峨眉山佳景概为十景："金顶祥光"、"象池夜月"、"九老仙府"、"洪椿晓雨"、"白水秋风"、"双桥清音"、"大坪霁雪"、"灵岩叠翠"、"罗峰晴云"、"圣积晚钟"。

春季万物萌动，郁郁葱葱；夏季百花争艳，姹紫嫣红；秋季红叶满山，五彩缤纷；冬季银装素裹，白雪皑皑。峨眉山以优美的自然风光、悠久的佛教文化、丰富的动植物资源、独特的地质地貌而著称于世。素有"峨眉天下秀"的美誉。唐代诗人李白诗曰："蜀国多仙山，峨眉邈难匹。"明代诗人周洪谟赞道："三峨之秀甲天下，何须涉海寻蓬莱。"当代文豪郭沫若题书峨眉山为"天下名山"。古往今来峨眉山就是人们礼佛朝拜、游览观光、科学考察和休闲疗养的胜地。

峨眉山是大峨山、二峨山、三峨山的总称。山势逶迤，大峨和二峨两山远望宛若秀眉一对，"如螓首峨眉，细而长，美而艳"而得名。人们通常说的峨眉山大多指的是大峨山，山体有古生代花岗岩、变质岩构成，顶部有大面积玄武岩覆盖。峨眉山介于大凉山和邛崃山之间，地质上属

一生好入名山游：诗词中的山川风景

于"峨眉断块带",悬崖峭壁很多。在漫长的地质年代里,山体经风化、剥蚀、冰川、流水等自然力的雕塑,才逐渐演变成今日峰峦奇绝、千姿百态的名山。

由于山上山下气温悬殊较大,从山下到山顶气温相差约15℃。这种自然环境为各种植物的生长提供了良好的条件,山上共有3000多种植物,其中包括世界上稀有的树种。茂密的山林,多样的树种,到处都是翠绿、碧绿、墨绿的树叶,使山埋藏在厚厚的绿叶之中。随着季节的变化和山势的不同,加上古木参天,流泉飞瀑,以及阴、晴、风、雨、云、雾、霜、雪的渲染,使峨眉山的景色更加清幽,风景独秀。

峨眉山主要景点有金顶、报国寺、仙峰寺、洪椿坪。

金顶海拔3077米,是游峨眉山的终点,由洗象池上行5公里,经过登金顶最长最后的一道有2380余石级的险坡——七里坡,再经接引殿即至。

金顶上有正殿,古名华藏寺。华藏寺始建于晋汉时期,当时称普光殿,后改名为元相殿,又称"铜殿"。因其殿顶鎏金,瓦、柱、门、窗皆为铜中掺金建造,在阳光下金光闪闪而得名"金顶"。华藏寺侧为卧云庵,庵左为睹光台。华藏寺后是断岩720米,峭绝如削,这里遥对西康雪山,下临3000多米的深壑。立于其上,但见云雾浮沉,深不可测,令人怵目惊心。登临金顶,不能不看"金顶四奇"而欣赏"四奇"的最佳观赏点在卧云庵左侧的睹光台。

报国寺海拔551米,位于今峨眉山市的峨眉山麓,离市内约7公里,是峨眉山进山的门户,为峨眉山第一景。

冯玉祥将军曾题写了"名山起点"四个大字。报国寺原址在离现址不远的伏虎寺对岸的瑜珈河畔，始建于明万历年间（1573-1619），原名会宗堂。当时寺内供奉着佛教始祖释迦牟尼的大弟子普贤菩萨、道教创始人的化身广成子、春秋名士陆通，取儒、道、释三教会宗合祀之意。清顺治年间（1644-1661）移址至此重建。清康熙四十二年（1703）重修，并取佛经中"四恩"之一——"报国主恩"之意，御赐"报国寺"名。后经两次扩建，成为四层殿宇、亭台楼阁俱全、布局典雅的宏大寺庙，其规模为峨眉山下的寺院之首。

寺院山门"报国寺"匾额为清康熙皇帝御书，寺内殿宇轩昂。山门、弥勒殿、大雄殿、七佛殿、普贤殿、藏经楼等，自前至后沿中轴线逐渐升高。周围有花影亭、七香轩、吟翠楼、待月山房等建筑。排列有序，布局井然。寺内，杜鹃、山茶、丹桂、腊梅四季飘香；寺外，林木葱郁，山花烂漫，一派鸟语花香的佛国世界。

报国寺内存有大量珍贵的文物。七佛殿内，两侧墙壁上存有宋代著名文学家、书法家黄庭坚的四幅《七佛偈》木刻条屏真迹。七佛殿后，有明永乐十三年（1415）由江西景德镇窑工烧制而成的大型彩釉瓷佛一尊，高 2.7 米，佛像底座为千叶莲台。瓷佛身缀千佛莲衣，暗含"一花一世界，千叶千如来"的佛经教义。这尊瓷佛形象高大，比例匀称，生动形象，线条流畅，实乃国内罕见。

仙峰寺海拔 1762 米，面向华严顶，背靠危崖。仙峰寺附近两石夹道，对立如门，亦名天门石，前行数十步即抵山门，额题"仙峰禅林"。

仙峰寺背倚高山，俯视华严顶下，石笋千峰，青葱笋立，气魄雄浑，令人屏息。寺周长满了冷杉和矮松，枝叶成伞状展开，极为美观，寺中整洁，斋食更负盛名。仙峰寺草木葱茏，深邃幽静。寺内殿宇四重，覆以锡板铁瓦，后殿为舍利铜塔。寺外不远，有一巨石"三峰石"，刻有"南无阿弥普贤菩萨"和"仙圭"等字，寺名即由此而来。

洪椿坪在宝掌峰下的一片丛林之中，海拔1120米，由清音阁上行六公里左右可到达。其中，必经九十九折三千二百余级台阶名为"蛇倒退"的长坡，才能苦尽甘来，抵达峨眉山中最佳的避暑胜地——洪椿坪。

洪椿坪上建有洪椿寺，最初由宋代僧人楚山性一禅师所建，原名千佛禅院，也称千佛庵。明崇祯四年继建，清乾隆四十三年曾毁于火。清乾隆五十五年（1790）峨云禅师重建。因寺前有三棵洪椿古树，重建后的寺庙也因此被叫做洪椿坪。这三棵洪椿，一棵在寺院的南面，在那次大火中被焚，但枯木至今不倒；另一棵在高岩边，约在百年前的一次岩崩中掉于山下；最后一棵在寺门左侧的密林中，至今仍存。此洪椿经专家鉴定，树龄至少在1500年以上，被视为长寿树。洪椿，属椿科落叶乔木，胸径可几人合抱，有三、四丈高。传说，五百年开一次花，五百年结一次果。

洪椿寺建有殿宇三重，气势巍峨，蔚为壮观。廊庑简洁，宏阔宽敞。洪椿寺建筑面积5000余平方米，主要建筑有观音殿、千佛楼以及林森小院和禅堂、僧舍等等。

大雄宝殿中供普贤像，左右为十八罗汉像，雕塑俱佳。

藏经楼内中存有一件宝物，那就是悬挂于楼内的一盏七方千佛莲灯，檀木雕琢精工彩饰。它高近 2 米，直径 1 米，七方翘角，上下刻有几百尊佛像。七方角柱上有九龙盘柱，上面还刻有云龙怪兽以及神话故事图案，八面玲珑，数百尊生动活泼的人物形象，组成一幅幅神话故事图景，是世间罕有的艺术珍宝。灯上造像佛教、道教和平共处，亦不多见。七方千佛莲灯设计巧妙、工艺精湛，令人称颂，是寺内珍藏的艺术珍品之一。据说是法能和尚在清朝末年所制。

一生好入名山游：诗词中的山川风景

洪椿坪上，观音殿的右前方有一泓清泉，人称"锡杖泉"。相传，明代时的香火旺盛，僧众云集，寺僧人数多时高达千人以上。但寺庙里缺水，寺院住持德心禅师持杖祈祷，用锡杖凿岩引水，感动了天池仙女，就给这里送来了一股清泉。时至今日，锡杖泉依旧四季不枯，甘甜清洌。

此外，峨眉山还有四大奇观。分别有佛光、云海、日出、圣灯。

在四大奇观中，佛光被称为"奇中之奇"。常用"光环随人动，人影在环中"这两句话来形容峨眉山金顶佛光的奇妙。因此，每当游人来到峨眉山，总要爬上金顶，希冀看到舍身岩下波涛翻卷的云海中出现的色彩瑰丽的佛光。清晨在西峰之巅，骤然间，倾盆大雨从空而降，青山如洗，苍翠欲滴。一刹那间大雨扫空而过，满天霞彩。晕环七色的佛光，从岩腹中分娩而出，袅袅蒸腾起来。不是烟雾！不是云雾！奇妙绚丽的色彩真非人间所有。就是高明的画师，也无不惊叹"娥眉如画画不成"。这是天、地、人三者圆融无碍的佛果，真是"人生难得几回见"。清代谭钟岳曾有诗描述："非云非雾起层空，异彩奇辉迥不同。试向岩石高处望，人人都在佛光中。"

在金顶卧云庵的东面，有一悬空600多米的崖台，名为睹光台，雄奇险峻，为峨眉山第一巨岩。这里天高云淡的日子很少，从洗象池到金顶，绝大多数时，都是烟雾弥漫，白云缭绕。无风之日，白云皑皑，烟海无边，寂静无声。有时又似薄雾笼罩，群峰时隐时现，犹如浮托在白云上的仙岛，显示出峨眉山的变幻莫测。这就是金顶四绝之一的"云海"。

观日出，也要选在金顶之上才别有景致。黎明，东方漫漫发白，几缕银光射向苍穹，渐而变黄，继而橙红，渐渐自地平线渗出缕缕红霞，周围的云彩颜色变幻不定，忽而红忽而橙忽而紫，然后一点金黄在天边缓现，初似娥眉，渐如新月，而后一轮赤红的圆球冉冉升起，万道霞光普照仙山，顷刻之间，把整个峨眉山带入了一个生机无限的金色世界。

圣灯，出现在黑夜。在峨眉山日隐星稀的夜空，在金顶舍身岩下的山谷间，常常出现一种甚为奇妙的自然现象：夜幕中，忽而数十道蓝绿色的光点时闪时现，看似迎面扑来，然而却转瞬即逝。这一景观俗称"圣灯"、"神灯"，佛门弟子说它是"佛灯"。

其实，所谓"圣灯"是因为峨眉山盛产磷灰石矿，它会释放出磷化氢气体，在适宜的气温下，这种气体遇到空气自燃，发出淡绿色的火光。其实，白天也有，只是人们

最美的诗词故事大全集

看不到罢了。到了夜间，这种火显得十分明亮，而且，气体在燃烧之中，一闪一闪，忽明忽暗，若隐若现，时东时西，飘忽不定。古人便附会出"万盏明灯朝普贤"的神话来。

现在游人们又不断发现和创造了许多新景观。进入山中，重峦叠嶂，古木参天；峰回路转，云断桥连；涧深谷幽，天光一线；灵猴嬉戏，琴蛙奏弹；奇花铺径，别有洞天。

会当凌绝顶，一览众山小
——了却君王天下事

望　岳

杜甫

岱宗夫如何？齐鲁青未了。

造化钟神秀，阴阳割昏晓。

荡胸生层云，决眦入归鸟。

会当凌绝顶，一览众山小。

这一首是诗人写望东岳泰山的。诗以"望"入题，赞叹东岳，讴歌造化。希望凌顶而小天小，以抒雄心壮志。

在中国名山崇岳中，似乎没有哪一座山像泰山一样同人的关系那样密切又那样悠远。在漫长的岁月里，泰山不仅给了华夏先民以生存的庇护，而且还给他们带来了广阔的精神驰骋的祥和。

　　泰山坐落于山东中部，跨越泰安，济南两市，总面积426平方公里。古时又称岱山、岱岳、岱宗、泰岳、东岳等。名称之多，实为全国名山之冠。泰山之称最早见于《诗经》，"泰"意为安宁、极大、通畅。泰山突兀的立于华北大平原边上的齐鲁古国，同华山、恒山、嵩山、衡山合称五岳，因地处东部，故称东岳，故有"五岳之长"的称号。

　　泰山东临波澜壮阔的大海，西靠源远流长的黄河，凌驾在齐鲁大地，几千年来一直是东方经济、政治、文化的中心。泰山有着深厚的文化内涵，其古建筑主要为明清的风格，将建筑、雕刻、绘画、林木、山石融为一体，是东方文明伟大而庄重的象征；几千年来，泰山成为历代帝王封禅祭天的神山，随着帝王封禅，泰山被神化，佛道两家，文人名人纷至沓来，给泰山与泰安留下了众多名胜古迹。

　　泰山自然景观雄伟高大，有数千年精神文化的渗透和渲染以及人文景观的烘托而被称为"五岳之首"，它是中华民族的精神文化的缩影，而今又成为世界珍贵遗产。泰山风景名胜以泰山主峰为中心，呈放射状分布，由自然景观与人文景观融合而成。从祭地经帝王驻地的泰城岱庙，到封天的玉皇顶，构成长达十公里的地府——人间——天堂的一条轴线。

　　人文景观，其布局重点从泰城西南祭地的社首山、蒿里山至告天的玉皇顶，形成"地府"、"人间"、"天堂"三重空间。岱庙是山下泰城中轴线上的主体建筑，前连通天街，后接盘道，形成山城一体。由此步步登高，渐入佳境，而由"人间"进入"天庭仙界"。

泰山具有极其美丽壮观的自然风景，其主要特点为雄、奇、险、秀、幽、奥等。泰山巍峨，雄奇，沉浑，峻秀的自然景观常令世人慨叹，更有数不清的名胜古迹，摩崖碑碣，使泰山成了世界少有的历史文化游览胜地。

泰山景区分麓、幽、妙、奥、旷五区，其中麓区山水相映，古刹幽深，位于泰山南麓中路与西路之间的环山路线；幽区绿荫环绕，一步一景，令人目不暇接，位于岱庙沿中路至南天门之间；过南天门经天街至绝顶一段，虽地势平坦，然别有洞天，景色格外宜人，此段被称为妙区；泰山之阴为后石坞，此处林木苍郁，花草茂盛，素有奥区之誉；旷区位于大众桥过黑龙潭沿西溪桥至中天门，这里坦途绿荫，溪深谷幽。于是就有了"登泰山而小天下"和"会当凌绝顶，一览众山小"的感觉了。

泰山的名胜古迹众多，主要的景点有岱庙、普照寺、王母池、关帝庙、红门宫、斗母宫、经石峪、五松亭、碧霞祠、仙人桥、日观峰、南天门、玉皇顶等，其中旭日东升、晚霞夕照、黄河金带、云海玉盘被誉为岱顶四大奇观。泰山风景名胜以泰山主峰为中心，呈放射状分布，由自然景观与人文景观融合而成。

泰山主峰玉皇顶海拔 1532.7 米，突起于华北平原，凌驾于齐鲁丘陵，相对高差达 1300 米，视觉效果格外高大，具有通天拔地之势，形成"一览众山小"的高旷气势。泰山绵亘 200 余公里，盘卧方圆 426 平方公里，形体集中，产生厚重安稳之感，正如"稳如泰山"一词所述。泰山岩性坚硬，节理发育。古松与巨石相互衬托，云烟和朝日彼此辉映，突兀峻拔，耀眼磅礴。

玉皇庙位于玉皇顶上。古称太清宫、玉帝观，由山门、玉皇殿、观日亭、望河亭、东西道房组成。创建年代不详，明代重修，隆庆年间万恭重修时将正殿北移，露出极顶石。山门额书"敕修玉皇顶"。正殿内祀明代铜铸玉皇大帝像。神龛上匾额"柴望遗风"。远古帝王多在此燔柴祭天，望祀山川诸神。东亭可望"旭日东升"，西亭可观"黄河金带"。

院中有极顶石，1921 年增修石栏时王钧题"极顶"。石侧有《古登封台》碑，庙前有无字碑，旧传为秦始皇封禅立石或为汉武帝立石，又传碑内封藏金简玉函，故又称石函。玉皇顶前盘道两侧有"儿孙罗列"、"目尽长空"、"青云可接"、"登峰造极"、"五岳独尊"、"擎天捧日"等大字题刻。

碧霞祠是一组宏伟壮丽的古代高山建筑群，由大殿、香亭等十二座大型建筑物组成。整个建筑以照壁、南神门、山门、香亭为中轴，左右对称，南低北高，层层递进，高低起伏，参差错落，布局严谨，显示了我国古代高超的建筑水平，在道教宫观中极有代表性。

碧霞祠大殿为五楹，九歇山式顶，瓦垄三百六十条，以象周天之数。盖瓦、鸱吻、戗兽、大脊等均为铜铸。檐下高悬雍正帝赞化东皇、乾隆帝福绥海宇巨匾。整个大殿雕梁画栋，晴天朗日之下，金光璀璨，蔚为壮观。殿内正中神龛内的碧霞元君贴金铜坐像，凤冠霞帔，慈颜安详端庄。

碧霞元君是道教尊奉的女神，俗称泰山娘娘、泰山圣母、泰山奶奶，传说是东岳大帝之女，宋真宗时封为天仙玉女碧霞元君。道经中说，碧霞元君是西天王母的化身，在泰山修道成真，位证天仙，受玉帝之命，统领岳府神兵，照察人间善恶。民间传说碧霞元君能福佑众生，特别保护妇女儿童，有求必应。现在每年有逾百万的香客游人登泰山朝拜碧霞元君，心香一瓣，祈神福佑。

大殿左右为东、西配殿。东配殿祀眼光娘娘。传说眼光娘娘能治疗各种疾病，保佑人们眼明心亮、身体健康。西配殿祀送子娘娘。送子娘娘掌管人类生儿育女之事。香客往往在殿中用红布包一个石膏娃娃带回家去，放在床上，以求娘娘赐子，称为拴娃娃。

东、西殿之间是香亭，祀碧霞元君。封建时代，大殿轻易不开，只有帝王大臣才有资格进大殿朝拜元君，普通百姓只能在香亭中祈祷泰山娘娘。

玉女池在碧霞祠西墙外，原为池，清代砌为井。宋真宗东封泰山时，在玉女池内发现玉女石像，易以玉像，建龛奉祭，封为"天仙玉女碧霞元君"。从此香火大盛。池侧有巨石高耸黝黑若鼎，明人查志隆题"天柱"，秦李斯篆书《泰山刻石》曾嵌石内，俗称斯碑崖。斯碑崖南原有明代建西公署，额称"仰止亭"，旧时达官贵人登山多止宿于此，清代废。

旭日东升是泰山最迷人的奇观。拂晓，天晴气朗，万壑收暝，东方一线晨曦由灰暗变淡黄，又由淡黄变成橘红。继而，天空云朵赤紫交杂，瞬息万变。满天彩霞与地平线上的茫茫雾气连为一体，云霞雾霭相映。日轮掀开云幕，冉冉升起，宛若飘荡着的宫灯。顷刻间，金光四射，群峰尽染。然而，这只不过是一般的陆地日出，而那海上日出，更为壮观。赤轮乍启，海面半吞半吐，欲上而止，跳荡恍惚，仿佛有二日捧出。有时还能看到罕见的日珥。明代于慎行在《游泰山记》中说："顷之，平地涌出赤盘，状如莲花，荡漾波面，而烨炜不可名状，以为日耶！又一赤盘大倍于先所见，侧立其上，若长绳左右汲挽，食顷乃定。"清代孔贞瑄在《泰山纪胜》中称："才一转睫，倏露半体，若月弦就望，厥色殷红，韬光不耀，轮腾而上。少顷，日中忽如一灯吐焰，次如炬，次如瓶，次如罍樽，次如葫芦。上黄白，下紫赤，类薄蚀状。"

在岱顶观海上日出机遇很少，只有夏至和冬至前后，日出方向避开胶东半岛而在与陆地最近的海域内，夜间晴朗无风，气层折射达52以上才能看到。观陆上日出机遇较多。在天高气爽的暮秋和云气较少的初冬，只要山下前一天刮西北风，或是雨后转西北风，次日岱顶天晴气朗，就能饱赏奇丽景色。

晚霞夕照是泰山美景之一，当雨过天晴，天高气爽，夕阳西下的时候朵朵残云飘浮在天际，落日的余辉穿过云朵洒满山间。太阳像一个巨大的玉盘，由白变黄，越来越大，天空如缎似锦，若漫步泰山极顶，仰望西天朵朵残云如峰似峦，一道道金光穿云破雾，直泻人间。在夕阳的映照下，云峰之上均镶嵌着金灿灿的亮边，时而闪烁着奇异的光辉。那云朵呀，白的、黑的、黄的、兰的、红的、紫的……真是五彩缤纷，奇异莫测，是天工巧夺，还是神女织绣？

如果云海恰在此时出现，满天的霞光则全部映照在"大海"中，那壮丽的景色就更加令人陶醉了。待到夕阳沉入云底时，霞光变成了一片火红，天际、云朵、峰峦似在燃烧，山间里潭溪，大地上的湖川，也变成了红水火海，闪着瑰丽的光彩。举目远眺，黄河像一条飘带，弯弯曲曲从天际飘来，在落日的映照下，白色缎带般的黄河泛起红润，波光翻滚，给人以动的幻觉。"一条黄水似衣带，穿破世间通银河。"太阳慢慢靠向黄河，彩带般的黄河像是系在太阳上，在绛紫色的天边飞舞。"谁持彩笔染长空，几处深黄几处红。""清泉泻万仞，落日御千峰。""山川如此多娇，天地蔚为壮丽。"

如若新霁无尘，夕阳西下时，举目远眺，在泰山的西北边，层层峰峦的尽头，还可看到黄河像一条金色的带子闪闪发光；或是河水反射到天空，造成蜃景，均叫"黄河金带"。它波光粼粼，银光闪烁，黄白相间，如同金银铺就的一般，从西南至东北，一直伸向天地交界处，清代诗人袁牧在《登泰山诗》中对黄河金带作了生动地描写，"一条黄水似衣带，突破世间通银河。"

晚霞夕照与黄河金带的瑰丽景色，与季节和气候有着很大的关系，为了能使登岱者充分领略这一奇观美景，就必须恰当选择旅游的时机，就季节而言，应以秋季为佳，

一生好入名山游：诗词中的山川风景

因这时正是风和日丽，天高云淡，其次应选在大雨之后，残云萦绕、天晴气朗，尘埃绝少，山清水秀。你可极目四望，饱览群山秀丽的景色。

云海玉盘多在夏秋两季出现，如果雨后大量水蒸气上升，或夏季从海上吹来的暖温空气被高压气流控制在海拔1500米左右，与泰山海拔高度持平之际，此时若无风，在岱顶就会看见白云平铺万里，犹如一个巨大的玉盘悬浮在空中。泰山周围的群山或全被云雾吞没，或留有几座山头露出云端，像是大海中的岛屿。此时漫步在岱顶，犹如步入云间仙界。微风吹来，白云滚滚，如浪似雪，风大了，玉盘便化为巨龙，环流活跃，随风飘移，时而上升，时而下坠，时而回旋，时而舒展，构成一幅奇特的千变万化的云海大观。尤其是在雨雪之后，日出或日落时的"彩色云海"最为壮观。红日低斜，云海平铺，霞光照射，云浪尽染，像锦缎、像花海、像流脂、美不胜言。站在岱顶便看到云海的海潮了泰山山势陡峭，地形复杂，山风来去无踪。当云海与山风同时出现时，还会形成漫过山峰的爬山云和顺坡奔流直泻的云瀑布等奇观。

泰山旅游包含极为丰富的内容，游人可充分体会到自然山体之宏博、景观形象之伟大、精神之崇高、文化之灿烂。泰山无论在帝王面前或在平民百姓心目中，都是至高无上的。

玉泉归故刹，便老是僧期
——关公显圣的古刹

送僧归玉泉寺

刘得

玉泉归故刹，便老是僧期。

乱木孤蝉后，寒山绝鸟时。

若寻流水去，转出白云迟。

见说千峰路，溪深复顶危。

　　玉泉寺位于湖北省当阳市城西南 12 公里的玉泉山东麓。相传东汉建安年间，僧人普净结庐于此。梁宣帝萧察敕玉泉为"覆船山寺"。隋开皇十二年（592 年），晋王杨广应智头奏请在此起寺，敕名"一音"，后改为"玉泉寺"；隋开皇十四年（594 年），杨广敕封智头为"智者禅师"，并亲书"智者道场"匾额。唐贞观年间（627－649 年）僧法瑱增建；仪凤二年（677 年）唐高宗诏请寺僧弘景为师；后周长寿三年（694 年）金轮圣皇帝亲授舍利并敕建七层砖塔瘗之；三朝国师神秀在寺创禅宗北宗。

　　宋天禧末年（1021 年）明肃皇后感慕容邂逅之恩，捐银扩建，改额为"景德禅寺"；崇宁时又敕为"护国寺"。元世祖、武宗、仁宗皇帝敕修。明、清屡毁屡修。1949 年后又进行了多次修葺。现存殿堂楼阁多具明清营造风貌，其间也部分保留宋、元规制遗风。玉泉寺曾与浙江天台国清寺、山东长清灵严寺、江苏南京栖霞寺并称为"天下四绝"，鼎盛时期其规模"为楼者九，为殿者十八。三千七百僧舍"，"占地左五里、右五里、前后十里"，被誉为"三楚名山"、"荆楚丛林之冠"。

玉泉寺，是关云长最初显圣成为佛教外护的老道场。智者大师在此开讲法华三大部的其中两部，神秀大师从这里走出，受武则天邀请成为两京化主、三帝国师；唐代天文学家一行禅师在这里生活过八年之久。

玉泉寺现存主要殿堂有：弥勒殿、大雄宝殿、毗庐殿、韦驮殿、伽蓝殿、千光堂、大悲阁、十方堂、藏经阁、文殊楼、传灯楼、讲经台、般舟堂和圆通阁等。其中大雄宝殿最为雄伟瑰丽，系我国南方最大的一座古建筑。大殿重檐歇山式，建筑面积1253平方米，通高21米，面阔九部，进深七间，梁架为抬梁穿斗式，立柱72根，斗拱154组，开花藻井，彩绘斑斓。殿前置隋大业十一年（615年）铁镬、元代铁釜、铁钟等珍贵的大型铁质文物十余件；殿侧有石刻观音画像一通，传为唐代画圣吴道子手迹。寺内古柏苍劲，银杏叶茂，并蒂莲艳，桂花溢香，修竹翠丛，庄严静谧。

玉泉寺前三园门北侧青龙山馀脉冈地上有玉泉铁塔一座。铁塔本名"佛牙舍利塔"，俗称"棱金铁塔"、"千佛塔"，北宋嘉佑六年（1061年）为重瘗唐高宗、则天皇后所授舍利而铸建，仿木构楼阁式，八角十三级，通高16.945米，重26472公斤。铁塔由地宫、塔基、塔身、塔刹四部分组成。地宫为石质六角形竖井，内置汉白玉须弥座，座上置石函三重，函中供奉舍利；塔基、塔身均为生铁铸造，塔基须弥座八面铸有铁围山、大海、八仙过海、二龙戏珠及石榴花饰纹，座八隅各铸顶塔力士一尊，全身甲胄，脚踏仟山，状极威猛；塔身平座上铸有单钩阑，塔身各作四门，两两相对，隔层交错；塔身及平座铸有斗拱；腰檐出檐深远，翼角挑出龙头以悬风铎；塔身上著有铭文 1377 字，记载了塔名、塔重、铸建年代、工匠和功德主姓名及有关史迹，还铸有佛像 2279 尊，俨然一副铁铸佛国世界图；塔刹为铜质，形似为宝葫芦。铁塔通体不施榫扣，不加焊粘，逐件叠压，自重以固；其外形俊秀挺拔，稳健玲珑，如玉笋嵌空。玉泉铁塔是我国现存最高、最重、最完整的一座铁塔，它对研究中国古代冶金铸造、金属防腐、营造法式、建筑力学、铸雕艺术以及佛教史具有十分重要的价值。

玉泉寺北侧显烈山下有中国最早的关庙——显烈祠，祠前有一泓珍珠泉水，俗名"金龙池"，相传为三国蜀将关羽死后显灵之处。珍珠泉为全国三大间歇名泉之一，宋朝苏轼称之为"漱玉喷珠"，明朝袁宏道赞之为"珠泉跳玉"。游人若临岸静观，则清碧如玉，泡如珍珠，若击掌跺石，则泉沸水涌，迭如贯珠，其水质甘洌醇香。泉南山脚竖有明万历所立石望表，上刻"汉云长显圣处"；望表西有清阮元念唐碑书"最先显圣之地"——石碑一通。泉上珍珠桥为 1949 后增建，珠泉虹桥交相辉映，分外妖娆。循寺北向西，在溪水湛天、千年银杏、狮子崖、梅花井、智者洞、宋敕修传灯录院遗址、金霞洞、一线天；向南有退居、紫柴庵、幻霞洞等人文景观、名胜古迹深藏幽谷。

殿侧有石刻观音画像,传为唐代画家吴道子的真迹。寺内有古柏、银杏、并蒂莲、月月桂、珍珠泉。

玉泉寺在中国佛教史上具有重要地位。隋朝时为天台宗祖庭之一,智者大师在此宣讲《法华玄义》、《摩诃止观》,首创天台宗道场;唐为禅宗北宗祖庭,弘景、神秀、普寂、一行等高僧在寺创倡渐悟禅法;宋释道源、宋绶、宋祁编撰《景德传灯录》于此寺;张九龄、李白、白居易、孟浩然、元稹等历代文人墨客为之留下许多诗词、碑刻;中国关公文化也渊源于此。名山、高僧、英雄三位一体与玉泉古刹相得益彰。

楼观沧海日,门对浙江潮
——天香云外飘

灵隐寺

宋之问

鹫岭郁岧峣,龙宫锁寂寥。

楼观沧海日,门对浙江潮。

桂子月中落,天香云外飘。

扪萝登塔远,刳木取泉遥。

霜薄花更发,冰轻叶未凋。

夙龄尚遐异,搜对涤烦嚣。

待入天台路,看余度石桥。

杭州从古到今都是个让人留恋的地方，也许是西湖的水太美了，也许是苏堤春晓、三潭印月的风景太诱人了，或许是西施、苏小小的舞姿太优美了吧。反正来到这里的人没有一个不流连忘返的。要不，偏安的南宋皇帝们为什么忘了北伐的大业呢？害得陆放翁一生的期望终成了一场春梦。这里，我们姑且不论西湖的风月，来谈一谈享誉西湖第一名胜古刹——灵隐寺的由来吧！

"西湖第一名胜"灵隐寺是我国禅宗名刹之一。东晋咸和元年（326年），古印度高僧慧理云游杭州，欣羡此地风光灵秀，蓦然间眼前一座山峰挺立，宛然佛祖所住的灵鹫山，惊叹道："此乃竺国灵鹫山之小岭，不知何年飞来？佛在世日，多为仙灵所隐。"于是取名"飞来峰"，并在峰的对面修建一寺，取名"灵隐寺"。寺门对面矗立着一座巨大石壁，上刻"咫尺西天"四个大字，表明这里与佛教发源地有着密切关系。

灵隐寺距今已有1600多年的历史，规模最盛时僧舍1300多间，寺僧3000多人。对于它的恢宏，唐朝那位善于"推敲"的诗人贾岛也曾来赋《灵隐寺》诗一首：峰前峰后寺新秋，绝顶高窗见沃洲。人在定中闻蟋蟀，鹤于栖处挂狝猴。山钟夜渡空江水，汀月寒生古石楼。心欲悬帆身未逸，谢公此地昔曾游。

其间曾十多次被毁，又不断重建，现存大殿主要是清代建筑。寺院由天王殿、大雄宝殿、后殿、联灯殿、大悲阁、藏经楼，法堂等组成。

令人稍感意外的是，高 22 米的天王殿上所悬匾额并不是寺名"灵隐寺"，而是清代康熙皇帝的御笔"云林禅寺"。民间传说当年康熙南巡至杭州，应灵隐寺方丈的请求题写寺匾，因将"鄮"字的"雨"字头写得过大，遂将错就错改写成繁体的"云"字，于是便有了这块"云林禅寺"的匾额。不过也有人说，此名是因当初康熙登上北高峰，望见云雾缥缈，林烟阵阵，古寺掩映于密林丛中，想起杜甫诗句"江汉终我老，云林得尔曹"，故取"云林"二字题于匾上。康熙之孙乾隆四十五年（1780 年）六月到此降香时，留下《驻足毕诗》一首，诗曰："灵隐易云林，奎章岁月新。名从工部借，诗意考功吟。"特地说明"云林"寺名是从杜工部（杜甫）诗中借用的。

出天王殿，来到三重飞檐的大雄宝殿。此殿高 33.6 米，面宽七间，进深六间。殿中供奉着一座高达 16.6 米的释迦牟尼像，趺坐于莲花间上。头微前倾，眼睛俯视，左手放在左膝上，作"禅定印"，右手抬至胸前，拇指与中指成环形，作"说法印"，仿佛正在给众生说话。此像造于 1956 年，由 24 块香樟木仿唐代佛像雕制而成，仅全身所贴金箔就用去黄金 60 多两。东西两壁肃立十八罗汉，整座大殿金碧辉煌，香烟缭绕。

灵隐寺内有一著名景点冷泉亭，宋人林稹曾作《冷泉亭》诗对其大加赞赏：一泓清可沁诗脾，冷暖年来只自知。流出西湖载歌舞，回头不似在山时。

亭旁有一水池，曰冷泉池，宋词人潘阆作词歌之：长忆西山，灵隐寺前三竺后。冷泉亭上几行游，三伏似清秋。

白猿时见攀高猿，长啸一声何处去？别来几向画栏看，总是欠峰峦。

灵隐寺前有飞来峰。飞来峰所属的北高峰一带古时遍布密林，时有猛虎出没，故名"虎林山"。后来因避唐朝皇室李虎的讳，改名"武林山"从此成为杭州的别名，而飞来峰也有了"武林第一峰"的美誉。此峰高不过168米，由石灰岩构成，山上多古木，石皆镂空玲珑。岩壁上镌刻自五代十国大大小小三百尊石像，是我国东南地区颇负盛名的佛教石窟。其中最具魅力的是一尊大肚弥勒，双耳重盲，袒胸露腹，手捻串珠，箕踞而坐，一副漫不经心，无牵无挂的样子。佛脸上带着不置可否的哂笑，似乎在笑世人未能摆脱尘世的烦恼。弥勒佛像造于北宋真宗乾兴年间，为飞来峰上最大的石像。

飞来峰的半山腰有一座翠微亭，是南宋初年抗金名将韩世忠为纪念岳飞而建，亭名取自岳飞诗《池洲翠微亭》："经年尘土满征衣，特特寻芳上翠微。好山好水看不足，马蹄催趁月明归。"诗中拳拳报国之心，每每令人对亭长叹。

一千多年以前，灵隐寺中走出了众多著名高僧。南朝谢灵运的十世孙《诗式》的作者唐代皎然和尚曾在此受戒；佛教禅宗史传《五灯会元》的作者、元代的大川普济禅师曾是这里的主持；中国现代被誉为艺术巨擘的弘一法师也是在灵隐寺削发受戒的。

游灵隐，可别忘了：山外有山，天外有天。在领略佛教文化之后，你可以到合涧桥畔的天外天菜馆重食人间烟火。涧水在楼前潺潺流过，古刹钟声隐约可闻，在此品尝

一生好入名山游：诗词中的山川风景

美味佳肴，是不是别有一番风味啊？

鹿门月照开烟树，忽到庞公栖隐处
——名士隐鹿门

夜归鹿门歌

孟浩然

山寺钟鸣昼已昏，渔梁渡头争渡喧。

人随沙路向江村，余亦乘舟归鹿门。

鹿门月照开烟树，忽到庞公栖隐处。

岩扉松径长寂寥，惟有幽人夜来去。

鹿门山，在鄂西北襄阳城东南约15公里处，有一座神秘的山，它就是中国历史文化名山——鹿门山，因汉末名士庞德公、唐代著名诗人孟浩然、皮日休相继在此隐居而名闻遐迩，后人谓之"圣山"。

鹿门山原名苏岭山，濒临汉江，与同是文化名山的岘山隔江相望。与环抱四周的狮子、香炉、霸王、李家诸山各具雄姿，共同构成了圣山之风景：远远望去，五山如仙女，云遮雾绕，忽隐忽现：怎不叫人心驰神往，投入其怀抱？

近观渚山，狮子山秀、香炉山幽、霸王山雄、鹿门山峭、李家山旷，置身其中，仿佛徜徉在林木茂密、野花飘香、云雾缭绕的仙境。

汉光武帝刘秀慕名而来，留下了一个传奇故事。据清同治本《襄阳县志》记载："汉建武中（公元25－56年），帝与习郁（巡游苏岭山）梦见山神（两只梅花鹿），命郁立祠于山，上刻二石鹿夹道口，百姓谓之鹿门庙，遂以庙名山。"

后来，庞德公不受刘表数次宴请；携其妻栖隐鹿门。因此山东麓遂建有庞公祠。又由于孟浩然、皮日休效法前贤，山上有孟浩然归隐处和皮日休书屋。所以唐以后有"鹿门高士傲帝王"之说。

鹿门山是三国文化的发祥地。当年躬耕于隆中的诸葛亮曾拜庞德公为师，每次来求教，都跪拜在庞公榻前，其虚心为学之状，令后人敬仰。庞公还常邀其侄儿"凤雏"先生庞统、"卧龙"先生诸葛亮、水镜先生司马徽及徐庶、崔州平等人纵议天下大事，商讨治国之策；由此，演绎出脍炙人口的三国故事。

鹿门山是一座秀美的山，天生丽质，风情万种。它又是一座诗化了的山，孟浩然用诗的神笔，将它描绘得清美如画。不，是它哺育了大诗人孟浩然，也将众多的文人雅士之思想境界提升到了极致。唐宋八大家之一的曾巩在游鹿门不果后，发出了"不踏苏岭石，虚作襄阳行"的感叹。他是为未能目睹鹿门山的秀丽风光和名胜古迹而遗憾，抑或是为无缘感受圣山陶冶性情而惋惜。

襄樊市东南30公里的汉水之滨，凸立着一座从大洪山延伸下来的余脉，那里林木参天，云蒸霞蔚，清泉汩汩，抛珠溅玉，苍崖碧涧，花卉遍地，森林面积方圆2600余

一生好入名山游：诗词中的山川风景

亩，这便是国家森林公园——鹿门山风景区。

"鹿门山"三个大字被刻在高高的石门上，苍劲有力。以绿色为代表的春，毫不怜惜地把一大桶一大桶的绿泼洒给整个鹿门山。竹林里，青翠欲滴的竹子散发出淡淡的清香。和煦的阳光洒满大地，到处一派生机勃勃。

鹿门山不仅以暴雨池、天井、八卦池、龙头喷泉而闻名八方，更为神奇的是这四大景顺山势而下，自然排列，四点成一线。遥想当年，襄阳名士庞德公携妻入山采药不归。田园诗人孟浩然更是不事权贵，高卧鹿门山，留下"春眠不觉晓，处处闻啼鸟，夜来风雨声，花落知多少"等不朽名篇。踏着孟浩然常走的山径，顺势上山，尽情品味"竹露滴清响"的妙境，别有一番情趣。

坐落于鹿门山半山腰的鹿门寺是中国有名的佛教圣地，千百年来，无数海内外香客云集于此，佛光高照。原先的建筑规模宏大，工艺精巧，古朴雅致，蔚为壮观。故历来常有名僧如处贞、丹霞等来此主持佛事。北宋政和年间（1111—1117 年）最为兴盛：当时有佛殿、僧寮、斋堂、方丈室共 560 余间。

在鹿门寺后 200 米远的山腰处有一口井，因井门曾砌有八角围栏，故称八角井，又称八卦井。井中之水无论天干地旱多么严重，始终保持一样的流量，实在神奇。井中泉水往下暗流 20 余米，又汇一泉称天坑，也称天井。此井为一自然竖井：深约 2 米，井口直径约一米。再往下暗流，经一天然石洞，洞内多钟乳石，有一大石块向外伸出尺许，泉水顺此石突然悬空倾泻，散如珠，垂如帘，称暴雨池。

泉水再流至寺门前，从两个石雕的龙口中喷入灯公洗钵池（又称龙头喷泉），流泉昼夜不停，相传孟浩然就是常饮此泉，又接山中灵气，才有盖世之诗情。

苍苍竹林寺，杳杳钟声晚
——香火旺盛的名胜古刹

送灵澈

刘长卿

苍苍竹林寺，杳杳钟声晚。

荷笠带斜阳，青山独归远。

竹林寺，始建于北宋金大定二年（1162 年），位于烟台市莱山区岱王山南阳坡，是胶东半岛唯一具有民族风格特色，香火旺盛的名胜古刹，曾经历代复修，明清两代重修，并有乾隆皇帝碑文记载。

十年动乱使之变为废墟，现今重建的竹林寺不仅保有历史记载的圣名美景，还扩大了规模，整个寺院具有皇家风格，雄伟壮观。寺内有天王殿、大雄宝殿、三圣殿、东西配殿、钟鼓楼。殿内供奉弥勒佛、释迦牟尼佛、西方三圣、观世音菩萨、地藏王菩萨、十八罗汉等诸佛，形象逼真，栩栩如生。门前一对"响石狮"分卧山门左右。寺后有蛟龙泉，常年流水不断。寺后山上山石嶙峋，形态各异，如护法石、红脸石、丝帽石、床窝石、三人石等，还有传说中的仙人桥、仙人洞等。此地风景秀丽，奇山异水，引人入胜，是古往今来的善士和游人膜拜、游览的妙境圣地。

竹林寺风景区，位于木兰生态旅游区西区泡桐镇镜内，距武汉市区中心65公里，景区集峰、谷、堰、潭、川、古寨、古建筑为一体，千姿百态，风情万种，被称作木兰生态旅游区"百景园"。

竹林寺景区，由九龙山，石牛山，铁桶山，金牛江河，龙华寺水库，珍珠湖等山水组成，幅员面积5.2平方公里。主要的风景名胜有：竹林烟月、善讽亭、丞相墓、一线天、寨子岩石佛、九龙嘴大佛、雷沟石坊、徐氏宗祠坊、漏空山、望妻碑、墨林、听涛轩、珍珠湖等等。这里气候温和，雨水充沛，空气清新，幽雅静谧，流水淙淙，鸟语花香，环境可人。兰花、山茶花、杜鹃花等众多山花点缀其中，竹参、竹蛙、透山龙等珍稀动植物隐现其间，令人目不暇接，情趣横生。

站在九龙嘴山顶一望，多姿多彩的松林翠竹布满山丘，如大海波涛起伏，令人叹为观止。在竹林寺景区，你可以看到碧绿的金牛江、龙华寺水库、珍珠湖中摇船荡舟，观赏两岸美景，洗尽心中烦忧；你可登山临岸俯瞰松竹神韵和层层梯田；还可漫游林间小道，观赏栩栩如生的石佛，探寻幽深神秘的一线天、漏空山溶洞、出气洞，瞻仰神奇古老的石牌坊和摩崖石刻造像，聆听当地老农讲述唐代广元将军花敬定血战铁桶山、竹林寺毛仙女、望妻碑等神奇美丽的传说故事。在你感受自然美景的同时，还要游览领略丰富的人文景观。

区内有十里花山、九潭七堰、八里柳溪、六条幽径、五奇三怪、四级寺观、一山两教等景观。

十里花山面积近30平方公里，山花红白相间，以红色杜鹃为主。花期三月下旬至五月上旬，时间约40天。特别是被人们称为花岭、花毯谷、花毯岗等地，杜鹃花开时节，满山遍野，铺天盖地，堪称华中之绝。

八里柳溪融柳林、溪流、怪石于一体，是越野观光的好去处。这里，柳木参天蔽日，覆盖整个沟谷，被人称之为绿柳长廊；造形各异的山石，随处可见、可赏；常年不断的溪流泉水，清澈透底，游客自取自饮，感叹甘泉，称之为天然矿泉。

六条幽径分别是柳溪观潭道、西岭赏花道、古寺朝香道、仙女池上道、东谷探险道、南岭野道。五奇观是石奇——多姿多彩；竹奇——叶大杆矮；洞奇——通天入地；墙奇——高大干砌；井奇——两井分黑白。三大怪包括山中没有下酒菜，溪谷抓螃蟹；铺天盖地杜鹃开，天然自成像人栽；千年古井山顶开，常年泉水涌出来。

九潭七堰分布在竹溪、柳溪两地沟谷中。其中，九潭以仙女池（潭）、双元潭、三元潭、五元潭等四潭最为有名；七堰以柳沟堰、石沟堰、天水堰等三堰景色为最美两溪沟谷，潭堰高低错落，泉流由上至下，细则行水如线，大则瀑布高悬。

竹林寺风景区不仅以花盛溪美而著称，同时也是宗教圣地，且具有两教融一山的特点。高大险峻的山体至上而下，坐落着四级寺观。据有关资料记载，竹林寺香火，起于明，盛于清，这里常年佛道香火不断，年游客总量近十万人次。

现在的竹林寺，金碧辉煌，香火鼎盛。不仅是因为其建筑规模宏大、气势磅礴；还因为其独特的地理位置；三面环山，一面向海，是中国民间所说的风水宝地。所以在寺庙刚建成的时候，千佛山法光大师的弟子，才决定把大师的佛舍利存放在竹林寺内，以护国佑民，觉世渡生。2004年竹林寺更是竭尽全力从浙江普陀山请来了一尊三面观音，此观音是用深山寒玉所雕，吸收天地之灵气，又经数位高僧开光加持，所以吸引了众多的信徒前来跪拜参观。

2000年前竹林寺香火鼎盛，每次法会达数十万人次之多，广大游人皆被寺内灵气所吸引，前来朝圣礼佛。今天的竹林寺仍以其崭新的姿态迎接海内外游人前来朝拜参观。在此也期望您能来到竹林寺亲身体验一下，藏身于福临卉樱桃花中的佛门圣地的独特气息。

竹径通幽处，禅房花木深
——江南名刹之一兴福寺

题破山寺后禅院

常建

清晨入古寺，初日照高林。
竹径通幽处，禅房花木深。
山光悦鸟性，潭影空人心。
万籁此俱寂，但馀钟磬音。

这是一首即兴写景、咏佛抒怀之作，诗人借兴福寺清远深静的环境，抒写旷远淡泊的胸襟和追求山水林泉之乐的隐逸情怀，也不露痕迹地礼赞了禅院佛宇的圣洁光明。

兴福寺位于江苏省常熟市虞山北麓，是国务院确定的汉族地区佛教全国重点寺院。南齐延兴中兴年间（494－502年），倪德光（曾任郴州刺使）舍宅为寺，初名"大悲寺"。梁木同五年（539年）大修并扩建，改名"福寿寺"，因寺在破龙涧旁，故又称"破山寺"。唐咸通九年懿宗御赐"兴福禅寺"额，兴福寺成为江南名刹之一。乾隆三十七年（1772年）建亭勒石，立碑在兴福寺内，至今仍完整无损。

兴福寺殿堂破旧，残垣不堪，岌岌可危。经人民政府多次进行维修和保护，兴福寺得到全面维修，并交给佛教团体作为佛教活动场所恢复开放。1985年重阳节时，兴福寺举行了盛大的开光大典，这次开光距明朝万历年间的开光已有384年了，是兴福寺历史上的一次盛会。江苏、浙江、安徽、上海等省市的名山大寺、佛教界知名人士和信徒上千人兴高采烈地参加了这次盛典。

兴福寺的主要建筑有天王殿、大雄宝殿、法堂和禅堂等，还有崇教兴福寺塔、华严塔、观音楼、救虎阁、空心亭、四高僧墓、伴竹阁、饱绿轩等建筑。这些建筑全部修缮一新，富丽堂皇。寺内古木参天，林荫夹道，还有一棵高达十几丈的高朝桂树，树冠像顶大伞，金秋时节，桂花满枝，郁香醉人。

兴福寺塔为四方九层，砖身木檐楼阁形式，总高69.14米，底层原有木构外廊，现仅存石础与台座；塔身

一生好入名山游：诗词中的山川风景

· 45 ·

每边宽 5.25 米，原四面辟券门，清乾隆年间重修塔时置石碑，遂将北门堵封。其他各层皆四面开门，门两侧隐出直棂穿，转角置半圆角柱，柱间阁枋子、斗拱承挑出檐，再荷上面的平座，座周绕有几何纹样的栏杆，每面分三扇间立"擎檐柱"，直支檐下，层顶覆盝形，顶中套金属覆钵和相轮七重等刹件。塔外轮廓为柔和的抛物线，翼角荣绕，造型清秀。塔室底层作八边形，与二层间做有隔层，一层正中有"宫井"与底层联通，原供四面千手观音立像。井口暂作天花隔封，自二层起，室平面改为方形，每层置有木扶梯，可登顶层。

华严塔又称松隐塔，在金山县松隐镇东北。元代创建松隐禅院，有寺僧书写《华严经》81 卷，募款造塔。明洪武十三年（1380 年）兴工，经四年建成。砖木结构，七级方形，高约 50 米。虽历经沧桑，仍巍峨屹立。

华严塔高 45 米，周环 10 米许，呈四方形，九层砖木结构，属唐代风格。塔内有梯级，飞檐斗拱，檐牙高椽，是明洪武十三年（1380 年）僧德然率徒慧照、道安募资建造而成。

明代以来，随着松隐禅寺声誉日增，华严塔早已同方塔、西林塔、礼塔誉称为松江府四塔。初春时节，昊天朗日，骚人墨客寻芳览胜多汇于此，登塔展望，但见一片黄墙碧瓦，殿宇辉煌，香烟缭绕。每逢佛家盛典，钟鼓长鸣，声传数里，四方信徒，成群结队，络绎于途。民国初年在松隐人陈陶遗赞助下，凿放生池，植莲藕；建藏经楼，贮大乘真经，环寺塔河架花岗石拱形石桥；造碑廊记寺塔兴衰；壁间书画琳琅，悉出名家之手。画家张大千的山水画和他哥哥张善子的虎画等栩栩如生，均极珍贵。庭院遍植异木名花。宿儒朱乐天、名流陈陶遗写的匾额嵌于寺内显要之处。

观音楼俗称大武木楼，位于方山县大武镇街中心，创建于明代景泰四年，楼高3层，18.5米，三檐十字歇山顶，黑色玻璃瓦剪边，布瓦覆顶，楼体呈四角形，有三间宽敞的木屋相连，二层设平座，四面通彻；一层矗立十六根精雕细刻的木柱，其中四柱通天，四面敞开，成为十字通道。楼檐下斗拱七踩，平座斗拱五踩，单翘双昂、内有塑像十七尊。整个木楼建筑由大小三千二百个木件构成，重170吨，顶部有黑琉璃部件，底层顶部饰有八卦形如意斗拱藻井、木楼小巧玲珑，古朴典雅，结构严谨，美观大方，是保存完好的木建筑。

今天的兴福寺已成为佛教徒礼拜的圣地和国内外游客青睐的名胜古迹，为祖国山河增色添辉。

夕阳无限好，只是近黄昏
——唐长城的最高点

登乐游原

李商隐

向晚意不适，驱车登古原。

夕阳无限好，只是近黄昏。

乐游原，是位于西安市南郊大雁塔东北部、曲江池北面的黄土台塬。塬面长约 4 公里，宽 200－350 米，高出两侧平地 10－20 米，最高处海拔 467 米。

乐游原实际上是由于河流侵蚀而残留在渭河三级阶地上的梁状高地。乐游原的南面有大雁塔、曲江池，上有青龙寺遗址，遗址内还建有空海纪念碑、纪念堂，种植着多株名贵樱花，是人们春游踏青的好去处。

大雁塔是一座楼阁式砖塔，塔高 60 余米，塔基边长 25 米，共有七层，塔身呈方形锥体。全塔采用磨砖对缝，砖墙上显示出棱柱，可以明显分出墙壁开间，具有中国传统建筑艺术的风格。附近还有曲江池、杏园等景点，风景秀丽。大雁塔是必游之地。

早在 2000 多年以前的秦汉时代，曲江池一带就以风景秀丽而负有盛名。汉宣帝时，这里被称为乐游苑。一次，汉宣帝偕许皇后出游至此，迷恋于绚丽的风光，以至于"乐不思归"。后来在此处建有乐游庙，乐游原就以庙得名。

乐游原作为游览胜地的历史可以追溯到西汉中期。汉宣帝早年流落民间时，经常在杜陵原一带游玩，当他即位之后就选择在杜陵原修建自己的陵墓，神爵三年又在离杜陵不远的乐游原上建造了乐游苑这座皇家园林。乐游苑与汉宣帝杜陵分别处于两个遥相呼应的土塬之上。

唐初的时候，乐游原上还可以看到汉乐游苑的遗迹。武周长安年间，武则天一度从神都洛阳返回京师长安居住，随同圣驾一同返京的太平公主在乐游原上修建了亭阁，作为游玩时的歇脚点。太平公主身败人亡之后，她的资产收归皇家所有，唐玄宗将这些亭阁赐给了他的四位兄弟。

乐游原是唐长安城的最高点，地势高平轩敞，为登高览胜最佳景地。站在其上俯瞰，规模宏大的长安城尽在眼底。举目放眼望去，四周景色迥异。北面是巍峨的大明宫和兴庆宫，展现的是"九重宫阙开阊阖，万国衣冠拜冕旒"的盛景。南面是势与天齐的终南山，令人顿时生出一种雄浑之气。东面白鹿原上那凸起的霸陵让人想到离别之情。而西北方咸阳原上一座座状如覆斗的汉家陵墓则在证明历史从来没有停止过前进的步伐。

当然，在乐游原上也会看到一些别的事情。据说唐宪宗曾经微服出行登上了乐游原，看见不远处有一座宅院甚是豪华，就问这是谁家的宅子。宅院的主人潘孟阳听到自己的宅子引起皇上的不满后，心生恐惧，随即停止了扩建工程。这个潘孟阳当初也曾受到宪宗的重用，唐宪宗刚一即位就委派他作为特使到江淮一带视察工作。潘孟阳却没有把国家的事情当作正事来办，每到一处只顾着喝酒吃饭游览大好河山，光是随行的仆从就带了三百多人，还时不时的收受地方官员的贿赂。直到四年之后，唐宪宗还不忘告诫另一个出使的官员，要他以工作为重"勿效潘孟阳饮酒游山而已"。

正是因为乐游原这种高兀的地势，使它成为唐时长安人登高的首选之处。每年的正月晦日、三月三日、九月九日，长安城中的男男女女都会登上乐游原祈福消灾。每逢这种时候，乐游原上游人接踵摩肩，原下路上车马拥塞。

一生好入名山游：诗词中的山川风景

唐朝是诗的国度，对于文人来说登高不赋诗便是枉称文人，乐游原上就成了诗文的产出地，但凡有人在此留下了佳句，第二天就会传遍长安城，唐人对于诗的喜好可见一斑。

　　"乐游古园萃森爽，烟绵碧草萋萋长。公子华严势最高，秦川对酒如平掌。"天宝后期的一天，杜甫登上了乐游原。这一天是正月的最后一天，古人称之为晦日，人们在这一天要在用青色布缝制的小口袋中装满百谷的果实相互赠送，祝福全年风调雨顺五谷丰登。杜甫是以宴会陪客的身份登上乐游原的，这种身份对于他来说是一种压抑甚至是低三下四，但杜甫还是不忍放弃这种机会，他企盼着或许某一次陪宴能为自己的前途打开一扇大门。此时的杜甫是忧郁的，忧郁的人往往想的很多。站在京城的最高处，杜甫想到了春波荡漾的芙蓉园，想到京城之内唐玄宗出行时那隆隆的车马声，想到曲江池畔舞袖低回歌声入云。但回到现实中时他却不得不面对这样的事实：为了实现"致君尧舜上，再使风物淳"的远大抱负，自己已经在长安城中东奔西走了近三十年，可是依然没有获得为国效力的机会。想到这些，酒未醉人，心以先悲。

　　唐太平公主在此添造亭阁，营造了当时最大的私宅园林——太平公主庄园。韩愈《游太平公主庄》诗云："公主当年欲占春，故将台榭押城堙，欲知前面花多少，直到南山不属人。"仅在乐游原上的一处园林，因太平公主谋反被没收后，就分赐给了宁、申、歧、薛四王，足以想见当时乐游原规模之大。后来四王又大加兴造，遂成为以冈原为特点的自然风景游览胜地。乐游原地势高耸，登原远眺，四望宽敞，京城之内，俯视如掌。同时，它与南面的曲江芙蓉园和西南的大雁塔相距不远，眺望如在近前，景色十分宜人。因此，来此游赏者络绎不绝。尤其是"每三月上巳、九月重阳，仕女游戏，就此拔楔登高，幄幕云布，车马填塞。"

　　杜甫形容乐游原是："乐游古园翠森森，烟绵碧草萋萋长；"唐彦谦称赞乐游原："杏艳桃娇夺晚霞，乐游无庙有年华；"李频描述了春天乐游原的景色："无那杨花起愁思，漫天飘落雪纷纷。"而"爽气朝来万里清，凭高一望九秋轻"、"万树鸣蝉隔断虹，乐游原上有西风"，则描述的是乐游原秋天迷人的景色。

不畏浮云遮望眼，自缘身在最高层
——武林第一峰

登飞来峰

王安石

飞来山上千寻塔，闻说鸡鸣见日升。
不畏浮云遮望眼，自缘身在最高层。

　　飞来峰位于杭州灵隐寺前，在灵隐天竺两山之间，又名宝林山，又名灵鹫峰，山高一百六十八米，山体由石灰岩构成。由于长期受地下水溶蚀作用，形成了许多奇幻多变的洞壑。据前人记载，飞来峰过去有72洞，但因年代久远，多数已湮没。现在仅存的几个洞，大都集中在飞来峰东南一侧。其面朝灵隐寺的山坡上，遍布五代以来的佛教石窟造像，多达三百四十余尊，其中的西方三圣像（五代）、卢舍那佛会浮雕（北宋）、布袋和尚（南宋）、金刚手菩萨、多闻天王、男相观音（均为元代），都是不可多得的艺术珍品。

晋僧慧理曾登此，叹道："此是中天竺灵鹫山之小岭，不知何年飞来？"遂驻锡于此，建灵隐寺，该峰称为"飞来峰"。岩壁上分布着五代、宋、元时期大小石刻338尊。飞来峰为古代石窟艺术之瑰宝。历代诗人对此峰的题咏非常多。关于此峰的来历传说也不少，山峰当然是不会飞来的，玉乳洞内有人题书：人到无求即是佛，山因无据说飞来。王安石有诗云：

飞来山上千寻塔，闻说鸡鸣见日升。不畏浮云遮望眼，自缘身在最高层。

相传有一天，灵隐寺的济公和尚突然心血来潮，算知有一座山峰就要从远处飞来，那时，灵隐寺前是个村庄，济公怕飞来的山峰压死人，就奔进村里劝大家赶快离开。村里人因平时看惯济公疯疯癫癫，爱捉弄人，以为这次又是寻大家的开心，因此谁也没有听他的话。眼看山峰就要飞来，济公急了，就冲进一户娶新娘的人家，背起正在拜堂的新娘子就跑。村人见和尚抢新娘，就都呼喊着追了出来。人们正追着，忽听风声呼呼，天昏地暗，"轰隆"一声，一座山峰飞降灵隐寺前，压没了整个村庄。这时，人们才明白济公抢新娘是为了拯救大家，于是就把这座山峰称为"飞来峰"。

飞来峰多岩溶洞壑，如龙泓洞、玉乳洞、射旭洞、呼猿洞等，洞洞有来历。极富传奇色彩。飞来峰的厅岩怪石，如蛟龙，如奔象，如卧虎，如惊猿，仿佛是一座石质动物园。山上老树古藤，盘根错节；岩骨暴露，峰棱如削。明人袁宏道曾盛道："湖上诸峰，当以飞来为第一。"有"东南第一山"、"武林第一峰"等多种称呼、为西湖"八大雪景"之一。

飞来峰的几处洞口，皆通往飞来峰底部的中空石窟。原刻于其中一个洞口旁边的《西游记》师徒四人的石像已在文革时被毁得面目全非，头颅不可辨认。从一侧的洞口进去前看到洞口上方以红漆的魏碑书写三个大字"一线天"，天气晴好的时候，透过飞来峰顶的一个小孔，会有细微的阳光一束射向洞底的地面，因孔洞极小，故而能有幸看到亮光的人就表示与佛有缘。地面有块方砖垒砌的四方足印，只须往足印右前面迈一小步，抬头望向极顶，找好角度，就能发现原本黑暗部分的窟顶微微露出一斑星子样的光点，那便是隐藏在石顶背后的"一线天"了，也许是有块突出的石头悬起来挡住了投在上面的光线，只剩非常渺小的一点遮不住，形成了一个巧妙的自然结构，当人的视线与这一点成直线相交时，才深为造化的鬼斧神工所折服。由于小孔的位置隐匿难寻，一旁的石迹上题写着"知足常乐"四个字，意在劝慰费了好大劲也探不到孔洞的游客，知足为好，别太执著。

窟底另一侧与"一线天"洞口相对称的洞口叫"玉乳洞"，飞来峰主要由石灰岩成分构成，窟内有钟乳一样的倒垂石笋，常年滴下的乳白的液体凝成怪状，再配以各色惟妙惟肖的佛像，相映成趣，整个石窟的自然价值和艺术价值都在增加。玉乳洞又名蝙蝠洞，一是因为原来洞里栖居着大量的蝙蝠，随着人为的开发已然销声匿迹了，二是因该洞口为一上宽下尖的垂伸出来的巨石所分隔，状如倒挂的蝙蝠，在古文字里蝙蝠的"蝠"通福气的"福"，故传人们从这儿走进就能获得好福气。当初开凿这个洞窟时，本没有财神的像，杭州人自造了一尊"江南财神"在里面，即春秋末期闻名遐迩的越国名臣范蠡，后来范蠡位极倾朝之际急流勇退，携西施泛舟江南，又凭高超的经营才能成为一方富商巨贾，名利皆收，生平无憾，后人视范蠡为行商巨擘，尊他为"江南财神"，比起千年以后的明初沈万山、清末胡雪岩之辈有过之而无不及。走入洞口右转第一尊石像即为范蠡了，摸他三下手，男左女右，一摸有福气，二摸有财气，三摸能交桃花运，只此三摸，据称摸四下就四大皆空了，摸五下就无法无天了……显然是杜撰调笑之语，不过却从一个侧面反映出人们对于信仰的细节体认以及通过细节的刻意求工来巩固信仰根基的心理。

飞来峰的东麓，有隋朝古刹下天竺寺（法镜寺），由此沿溪往西南行，又有晚于下天竺寺两年始建的中天竺寺（法净寺）和五代吴越始建的上天竺寺（法喜寺），合称"三天竺"。三天竺寺均以佛教观音道场著称，又各具千秋：

上天竺规模宏大，历史上曾经胜过灵隐寺而居西湖之首，寺内供奉有来历与《法历》神秘奇特的香木灵感观音像；中天竺的创建者据说是位年逾千岁的高僧，人们自然把他与祈求长寿联系在一起；下天竺是从灵隐寺分离出来的，历史久远，风物奇丽，寺畔又有象征挚情、信誓的三生石。

游飞来峰时，你会看到此山无石不奇，无树不古，无洞不幽，秀丽绝伦，其景观与周围诸峰迥异，于是你很自然会产生一个奇怪的想法：莫非此峰真是从别处飞来？

徜徉在灵隐、飞来峰、三天竺那一派悠远、深沉的佛国氛围里，寻访并尽情领略佛教艺术的魅力，能真切、集中地感受到蕴藏在西湖山水之间的丰厚的历史文化韵味。

现有的龙泓洞，洞中端坐一尊观世音造像。洞的左面是射旭洞，透过岩顶的石缝能看到一线天光，这就是著名的一线天。在藏六洞可闻淙淙不绝的水声。西侧山上还有呼猿洞，相传是僧人慧理呼唤黑白二猿处。冷泉猿啸曾是钱塘十景之一。

飞来峰西麓有冷泉掩映在绿荫深处，泉水晶莹如玉，在碧澈明净的池面上，有一股碗口大的地下泉水喷薄而出，无论溪水涨落，它都喷涌不息，飞珠溅玉，如奏天籁。明代画家沈石田诗云："湖上风光说灵隐，风光独在冷泉间。"冷泉池畔建有冷泉亭。

飞来峰龙泓洞口有理公塔，一名灵鹫塔，是杭州现存惟一的明塔，用石块砌成，六面六层，殊为罕见。全塔由下至上逐级收分，结构朴实无华，别具一格。

位于灵隐飞来峰半山腰的翠微亭小巧玲珑，亭旁山径旋绕，掩映在苍松古木之中，朴素而端庄。此亭是南宋抗金名将韩世忠为悼念岳飞而建的。亭上有楹联云："路转峰回藏古迹，亭空人往仰前贤。"今日的翠微亭是1924年时在原有亭址上重新修筑的。

在飞来峰诸洞穴及沿溪间的峭壁上，雕刻着从五代至宋、元时期的石刻造像470多尊（其中保存完整和比较完整的有335尊）。年代最早的青林洞入口靠右的岩石上的弥陀、观音、大势至等三尊佛像，为公元951年所造。这些精美摩崖石刻造像艺术的珍贵历史遗产。

宋代造像有200多尊，以上型居多。卢舍那佛会浮雕造像是宋人造像中最精致的作品。南宋大肚弥勒像是飞来峰造像中最大的一尊，也是我国现有最早的大肚弥勒。那袒胸露肚、笑口常开、"容天下一切难容之事；笑天下一切可笑之人"的形象，使游客竞相摄影留念。

飞来峰喇嘛教造像，现存元代汉、藏式造像约100多尊，雕刻精细，容相清秀，体态窈窕，且保存较为完整。青林洞口外壁上的毗卢遮那和文殊、普贤造像，是杭州西湖最早的一龛元代石刻造像。呼猿洞口左侧有一块宋代高浮雕造像。

飞来峰景区又开辟了一处名为中华石窟艺术集萃园景点。集萃园借飞来峰山林之势，依石刻造像之利，因势赋形地塑造了四川大足石刻、乐山大佛、安岳卧佛、甘肃麦积山石窟、山西云冈石窟、河南龙门石窟等石窟造像。集萃园全长250米，塑造了代表不同地方、各个年代的佛像近万尊。飞来峰的元代造像尤其珍贵，弥补了我国五代至元代的石窟艺术的空缺。1982 年，国务院公布飞来峰造像为全国重点文物保护单位。

神仙可学非身外，多少游人浪苦心
——奇秀甲东南

一生好入名山游：诗词中的山川风景

游武夷山

刘子翚

回薄湍流漾翠岑，夷犹一舸纵幽寻。

幔亭落日笙箫远，毛竹连云洞府深。

似有碧鸡翔木杪，谁将丹鹤写岩阴。

神仙可学非身外，多少游人浪苦心。

武夷山风景名胜区位于福建省西北部武夷山市境内，在市区以南约 15 公里，处在武夷山脉北段的东南麓，相传唐尧时代的长寿老翁彭祖茹芝饮瀑，隐于此山，生有二子，长曰武，次曰夷，二人开山挖河，疏干洪水，后人为纪念他们，就把此山称为武夷山。后来连闽赣边界的大山脉也统称为武夷山脉。也传，此地为古代闽越族，其首领名武夷君，此山为古越人的栖息之地而得名。

自古以来，武夷山就以奇秀甲于东南的自然风光，令古今游者折服，而武夷山底蕴丰厚、悠久的历史文化和无数优美动人的故事、掌故及传说，又令中外游人陶醉。秦汉以来，武夷山素为儒者、僧人、羽士、丹客流连之地。

武夷山风景名胜区主景区方园 70 平方公里，平均海拔 350 米，属典型的丹霞地貌，亿万年大自然的鬼斧神工，形成了奇峰峭拔、秀水潆洄、碧水丹峰、风光绝胜的美景，素有碧水丹山、奇秀甲东南之美誉，古人说它"水有三三胜，峰有六六奇"。一绝的九曲溪，流而下，山沿水立，水随山转，山光水色，交相辉映，其间更有距今约 3800 年前高插于悬崖峭壁之上的船桅，令人叹为观止。

三三秀水清如玉，六六奇峰翠插天，构成了奇幻百出的武夷山水之胜。溪曲三三水，山环六六峰，曲曲山回转，峰峰水抱流；临水可望山，登山可望水。风景区内有三十六峰、七十二洞、九十九岩及一百零八景点。不仅全年有景，四季不同，而且阴晴风雨，其山川景色亦幻莫测，瑰丽多姿。现全区分为武夷宫、九曲溪、桃源洞、云窝天游、一线天——虎啸岩、天心岩、水帘洞七大景区。它兼有黄山之奇、桂林之秀、泰岱之雄、华岳之险、西湖之美。

武夷山最著名景区是武夷宫，武夷宫又名会仙观、冲佑观、万年宫，在福建省崇安县南约十五公里处的武夷山大王峰南麓，前临九曲溪口，是历代帝王祭祀武夷君的地方，也是宋代全国六大名观之一。

武夷宫是武夷山风景区最古老的道观，初建于唐天宝年间，宋扩建至 300 多间。现存两口龙井和万年宫、三清殿。万年宫现在是朱熹纪念馆，宫内有两株千年桂树，相传是南唐保大二年（944年）李良佐建观时所栽。以后枯死一株，到了宋代，朱熹补种了一株。两株桂树龙盘蛇曲，被称为"桂花王"。三清殿现在是国际兰亭学院所在地，殿内有四块珍贵的碑刻：忠定神道碑、洞天仙府、明龚一清和现代郭沫若游武夷的诗题。

在历史上武夷宫建筑宏丽，是历代帝王祭祀武夷山君（神）的场所，但后来屡遭兵燹破坏，现在的建筑建于清代末年，有三清殿、玉皇阁、拜章台、宾云亭、法堂等。近年来已修缮一新。自风景名胜区建立以来，为了迎合旅游业发展的需要，在景区范围内还陆续兴建了仿宋一条街、朱熹纪念馆、武夷山庄、幔亭山房、彭祖山房及万春园、兰亭学院分院、书画社、武夷牌坊等。

武夷山奇胜在山，尤在水。武夷山水精华在九曲溪。溪水清碧，如玉带盘绕群峰，环结成"曲曲山回转，峰峰水抱流"的九曲之胜。这条发源于武夷山脉主峰——黄岗山西南麓的溪流，澄澈清莹，经星村镇由西向东穿过武夷山风景区，盈盈一水，折为九曲，因此得名。

游武夷山最精彩的节目就是乘竹筏游九曲溪。顺流而下，武夷山著名的山峰都列在溪边。山挟水转，忽而水平如镜，忽而急湍，一峰过后又一峰，两岸美景尽收眼底，无登山之苇，有涉水之乐，妙不可言。为赞其美，宋代朱熹的《九曲棹歌》云：武夷山上有仙灵，山下寒流曲曲清。欲识个中奇绝处，棹歌闲听两三声。一曲溪边上钓船，幔亭峰影蘸晴川。虹桥一断无消息，万壑千岩锁翠烟。二曲亭亭玉女峰，插花临水为谁容？道人不作阳台梦，兴入前山翠几重。三曲君看架壑船，不知停棹几何年？桑田海水今如许，泡沫风灯敢自怜。四曲东西两石岩，岩花垂露碧毵毵。金鸡叫罢无人见，月满空山水满潭。五曲山高云气深，长时烟雨暗平林。林间有客无人识，欸乃声中万古心。六曲苍屏绕碧湾，茆茨终日掩柴关。客来倚棹岩花落，猿鸟不惊春意闲。七曲移舟上碧滩，隐屏仙掌更回看。却怜昨夜峰头雨，添得飞泉几道寒。八曲风烟势欲开，鼓楼岩下水萦回。莫言此地无佳景，自是游人不上来。九曲将穷眼豁然，桑麻雨露见平川。渔郎更觅桃源路，除是人间别有天。

九曲溪全长约 9.5 公里，面积 8.5 平方公里。山挟水转，水绕山行，每一曲都有不同景致的山水画意，九曲风光各有特色。"溪流九曲泻云液，山光倒浸清涟漪。"形象地勾画出了九曲溪的秀丽轮廓。

一曲在武夷宫前，晴川一带，畅旷豁达。大王峰拔地而起，雄峙溪北，山腰有多处岩穴，为历代道士修炼之处，曾藏有多具"神仙蜕骨"，狮子峰怪石峥嵘，坐踞溪南。

大王峰又名沙帽岩、天柱峰，因山形如宦者纱帽，独具王者威仪而得名，是进入九曲溪的第一峰。大王峰海拔530米，上丰下敛，气势磅礴，远远望去，宛如擎天巨柱，在武夷三十六峰中，向有"仙壑王"之称。

大王峰四周悬崖峭壁，仅南壁一条狭小的孔道，可供登临峰巅。这是一条直上直下的裂罅，宽仅尺许，中凿石级，可拾级盘旋而上。裂罅越高越窄，有的地方登临者需侧身缩腹，手足并用而过。明代徐霞客称其为武夷三大险径之一。峰腰有张仙岩，相传是汉代张垓坐化之处。有天鉴池，池水极清澈，虽旱不竭。池上流泉名"寒碧泉"。池侧为宋羽士林文能结庐处。从这里再升一梯，有升真观故址。从观左拾级而上，则为通天台。再往上登数十步，便到了大王峰顶。

山顶有清庚子年（1900年）崇安南门潘氏建立的"云屏山房"。这个潘氏云屏山房，当时还出版过宋大学者刘子翚的代表作"屏山全集"。潘氏祖孙三代都热衷地方教育，在大王峰上编著史籍，刊印大量书籍发行。可称为一个小型出版社。大王峰巅地势平旷，古树参天，积叶遍地。东壁岩罅间有升真洞，洞内有虹桥板跨空，船棺架临其上，历数千年而不朽，人亦莫能取。山顶上还有一条深不可测的岩罅，宽约一米多，下窥黝黑，投以石，声殷殷如雷，片刻方息。相传这就是宋代屡遣使者送"金龙玉简"的地方，故名"投龙洞"。站在峰巅，俯瞰武夷群峰碧水，江山如画，令人心旷神怡。

二曲在铁板嶂至浴香潭北，幽谷丹崖。玉女峰亭亭玉立，峰顶草木葱茂，如同插花髻发，飘飘然如仙女下凡。九曲溪在此汇流成潭，传为玉女沐浴的"香潭"。

三曲在近雷磕滩处，溪水左折如钩，有虹桥奇观。在南岸小藏峰壁立千仞的峰腰洞穴内，发现一艘又一艘的"仙舟"，或深藏洞内，或微露穴外。这些仙舟其实是一种葬具，称为架壑船棺，源于一种奇异的葬俗。千百年来它一直为神话的禅云所缭绕，投影在每一个过客的心底，引

一生好入名山游：诗词中的山川风景

起一阵又一阵神秘的颤动。

四曲在卧龙潭，向北古锥滩一段，山秀水媚。大藏峰横空盘立，与仙铭台隔水相望以岩石、幽洞、深潭三绝著称。大藏峰左是有二百七十多年历史的皇家御茶园，所产石乳茶成为茶中之王。

五曲在苹林渡一带，深幽奇险。这里水流平缓。两岸丹霞林立，翠壁环拥。溪北有峭拔挺秀、四壁峭立的隐屏峰，峰下有朱熹讲学十年之久的紫阳书院，又称武夷精舍。是武夷山风景区精华之地。

六曲在伏虎岩，可一览众胜。进入老鸦滩一带，溪北有巍然群立、横亘数百丈的仙掌峰，峰顶为号称"武夷第一胜地"的天游峰，海拔 409 米，昂然突起，登上峰顶可俯视九曲全景。深藏在苍屏峰北麓的小桃源，有引人入胜的桃源风光。

七曲在獭控滩一带，峰高滩险。溪北有三仰峰又称老君岩，海拔 717.7 米，气势雄伟。靠近南岸的獭控滩，滩高急流，激浪翻花，声若奔雷。

八曲山势渐开，上了芙蓉滩，视野开始开阔。鼓子峰耸峙溪北，如同两朵莲花，凌空怒放。

九曲在浅滩道林石桥，一片锦绣平川。至此九曲已尽。白云岩高凌霄汉，至岩顶可览星村全景。

姑苏城外寒山寺，夜半钟声到客船
——枫桥古刹

枫桥夜泊

张继

月落乌啼霜满天，江枫渔火对愁眠。

姑苏城外寒山寺，夜半钟声到客船。

枫桥在苏州西郊，离城仅五六里；占地面积 10 公顷。南北舟车在此交会，自古就是水陆交通要道。因唐代时在此设卡，每当皇粮北运时，便封锁河道，枫桥又作封桥。枫桥是江南随处可见的一座单孔石拱桥，自古有名，明人高启有诗云："画桥三百映江城，诗里枫桥独有名。"枫桥地带由于舟车云集、商旅际会而异常繁华，是旧时苏州物资的集散交流中心。寒山寺就在枫桥附近，相传因名僧寒山曾来此主持寺院，故名寒山寺。《枫桥夜泊》不仅使枫桥大名张扬，并且张继自己也因此而名垂后世。

远远望去，枫桥在迷迷细雨中显得古朴典雅。游船也在明清建筑的青砖瓦舍之中穿行。即使是阳历三月，有雨就是江南。柳丝初绿，外衬雨景，倍加袅娜，拂柳亦拂人，雨浸泥土的气息简直让人陶醉，加上晚上灯光闪烁，简直可以"风飘飘其高逝兮"飞到青霄之外。

当游船在徐徐前行，而这时游人的思绪也许在张继的诗歌中游弋：诗人泊舟在枫桥夜晚，明月已将西沉，乌鸦在静夜，一声声叫得凄切，繁霜满天，星斗闪烁，那一幅清冷幽寂的水乡秋夜图，耳畔只有古运河的潺潺流水声和一声两声的鸟啼，古远和寥落，凄凉和浑韵。

漫步古桥，随想我们的古迹地、古城镇，在人们印象之中应是文人骚客低吟浅唱之地，绿竹洞箫，宴舞笙歌，会让人带来许多联想。但现在一些扑面而来的建筑，周遭地貌和环境破坏，许多古色古迹，都莫名其妙的无可挽回的在我们手中殆失。那些数得上的"江山胜迹"者，代表着我们祖国"江山如画"和故国往昔风貌，一砖一瓦，一草一石，都需要我们后代小心翼翼存留，这是祖先馈赠给后辈一笔宝贵的旅游资源。更况煦风化雨，和气达物，古典文化之中，蕴含有青少年们知之甚少的最重要的东西。苏轼说"神游"，旅游和精神很贴近，不单是赏玩外界。

春雨绵绵，游人如织，与迷蒙中的寒山寺、枫桥、枫桥镇打成一片。古镇古运河古寺古桥古诗却永葆青春，它们留给我们的不仅是自然美、人文美、建筑美、古典美，更是一笔可贵的文化遗产。

石桥上凹凸不平的石板路，小桥那边从人群中传来一阵骚动，只见一位貌若天仙的美女，淡淡的胭脂，素雅的旗袍裹在她圆润的身体上，清秀有余，略显阴柔，从远处缓缓而来。在游人眼前低垂着脸，就如同从水墨画里飘出来的仕女，轻皱眉头却惊艳四方。想来可能是江南出美女，让人感觉到美女身上有一种无限的柔润和秀美。

小桥流水赋予了太多的灵感和魅力。它折射出的中国古文化现象成了中华民族几千年的缩影。总觉得枫桥就像那位宛如古典一样的美女，更多时候，这位美女以无可挑剔的芳容，出现在国际友人面前，它以其丰富的文化内涵，一一展现在国际舞台上。赢得了国际友人的一致赞誉。

为枫桥画一幅素描，或者写一点千百年来枫桥所传颂的奇闻异事，甚至是想表达对枫桥的一点情感，一点浪漫，一点心境和一些不够完美的点评。于是游人会在石桥边掬起一捧水，泼在宣纸上，一时间，黛青、浅蓝、朱红，碧绿等跃然纸上，仿佛刹那间又看到那刚刚走过的江南美女笑靥如花，亭亭玉立的身影。

枫桥之美，是种浸润、濡染于古代文化的美，所以令人慨叹古之不可追赶；它又是存留于人们幽幽记忆中的美，像蕙兰之摇曳于人们心中，当想在现实中确定它时，它又从雨丝中逃逸了。未来枫桥前，心中的枫桥，应是隐约湖山水桥之娇；看过枫桥之后，留下心中的枫桥是一派柔柔细雨斜润远古尘泥的味道，丝丝垂柳摇荡的熏风画图。时空倒错，感觉交融，还有城中新矗的千楼万厦，它们构成游人心中如今的新苏州。

作为枫桥景区重要组成部分的江枫洲已建设完成，江枫洲主要围绕《枫桥夜泊》的古诗意境进行开发建设，不仅使江枫洲的风貌融入景区古寺、古桥、古街、古关、古运河形成的独特意韵中，而且还形成了一批新景观。北区以江枫洲枫桥北街为主景，主要凸现古代市井街市特色；中区建造了大型古戏台和漕运博物馆，展示古代漕运历史；

一生好入名山游：诗词中的山川风景

南部则以绿化建设为主，建有江枫草堂和水码头。

江枫洲与寒山寺隔水相峙，相映成趣，游客在这里可以拍到具有《枫桥夜泊》意境的照片。

景区历史悠久，隋唐以来由古运河孕育出繁荣的枫桥古镇；始建于梁代的寒山寺香火延续至今；唐代张继的一首《枫桥夜泊》描写出这里空灵而阔大的意境，使景区成为中外游人向往之地；明代抗击倭寇，留下遗迹铁岭关、成为苏州西大门的一道天然屏障。

近年来景区又恢复了唐灯、明清街坊、江枫草堂、惊鸿渡等旧观；增添了古戏台、渔隐村、听钟桥等民俗建筑；"漕运展示馆"利用先进的光影技术、四十多只船模和图文，介绍和展示了漕运历史文化；"苏艺名人坊"聚集了苏州十几位民间艺术大师，展示作品并表演技艺；以红枫等百余种树木营造出富有诗意的自然风光。现已形成规模较大、历史遗迹众多、吴地风味浓郁、文化内涵丰富、观赏趣味性较强的风景名胜区，是解读苏州的最佳选择。

枫桥风景名胜区是以寒山古寺、江枫古桥、铁铃古关、枫桥古镇和古运河"五古"为主要游览内容的省级风景名胜区。现已成为旅游环境优美，人文景观丰富，具有江南水乡古镇风貌的风景名胜区。现开放景点有枫桥苑、枫桥铁铃关、特色旅游项目"枫桥古镇水上游"、枫桥书场等。

枫桥苑是一座古典庭园式建筑，陈列展示了枫桥景区丰富悠久的历史文化，共分3个展室："枫桥五古"、"枫桥胜迹"、"远景规划"。其中《枫桥胜迹》立体微缩景观，全长20米，艺术地再现了明末清初姑苏城外枫桥一带的繁华景象和民俗风情。坐落在庭院中的唐代诗人张继的青铜像，神态端庄，仿佛正在凝神计数使人摆脱烦恼的寒山寺108下钟声。

由寒山寺门前向北，穿过工艺古街寒山寺弄，步行几十米就到了枫桥铁铃关。

铁铃关又名枫桥敌楼，位于阊门外枫桥，1963年被列为苏州市文物保护单位，1982年被列为江苏省文物保护单位。明嘉靖三十六年（1557年），巡按御史尚维持为抗御倭寇窜扰苏州城，创建敌楼三处，一在木渎镇，一在葑门外，一在枫桥即铁铃关。现仅存铁铃关一处。

铁铃关当初"下垒石为基，中为三层、上覆以瓦，旁置多孔"，与关前的古运河、枫桥组成一个完整的防御体系，为扼守苏州城西的重要关隘。新中国建立后，铁铃关曾几次小修加固。1986年至1987年大修，加固关台拱门，并于其上建单檐歇山顶单层楼三间，大体恢复到清代的规模。

关台以条石为基，城砖砌墙，底平面作长方形，面阔15米，纵深10.2米，高7米，正中辟拱门，西跨枫桥东端，东接枫桥大街。门内南北壁面均辟大小拱门各一，内砌登关砖级，并有藏兵和存储武器的空间。

铁铃关与枫桥相连，桥蕴姑苏水乡之秀，楼显古道关隘之雄，刚柔兼济，堪称江南绝景。清人吴照《寒山寺题壁》诗云：漠漠云低水国天，吴江风景剧可怜。铁铃关外烟如画，人立枫桥数客船。

"朱楼映绿水，画舫泛碧波"，在枫桥堍游船码头，游客可乘坐古画舫，在古运河上饱览古桥、古关、古镇、古刹的清幽景色，领略《枫桥夜泊》的意境。如果你有兴趣，还可以从水路到达虎丘、盘门三景、西园寺等旅游景点。

枫桥书场在寒山寺紧靠铁铃关一侧，是景区内又一颇具地方特色的旅游项目。风貌古朴，环境典雅。游客可在此品茗休憩，听一曲吴侬软语的弹词开篇，丁丁冬冬的弦索之声，使你沉浸在浓浓的小乡风情之中。

同当知非年，寄诗聊写情
——神仙都会

寄龙虎山道士孔野云

薛师石

上清三十六，院阁皆幽清。

漱齿泉新汲，晞发日始升。

自除烧墨灶，昼夕诵黄庭。

所得异畴昔，出山畏逢迎。

同当知非年，寄诗聊写情。

说起道士，人们首先想到，往往是身穿八卦衣，手持桃木剑，腰悬宝镜，画符念咒的张天师，要说张天师，还得从龙虎山说起。

龙虎山原名云锦山，是国家重点风景名胜区，位于江西省鹰潭市郊西南 20 公里处。据说东汉中叶时张天师在此炼丹，"丹成而龙虎现，山因得名"，龙虎山因而也成为中国道教发祥地。

龙虎山的名称除与张天师炼丹有关外，据说还有另一个出处，即"状若龙虎"，若下排上岸，在离主峰不远处往前看，就可看见龙虎山有一山曲折盘旋如蟠龙，另一山背卧如伏虎，形成龙虎对峙、龙蟠虎踞的壮观景象。有道是"山不在高，有仙则名"。

龙虎山景区有 99 峰、24 岩、108 个景物，景观面积达 200 平方公里左右，源远流长的道教文化、独具特色的碧水丹山和规模宏大的崖墓群构成了龙虎山风景旅游区自然景观和人文景观的"三绝"。

龙虎山由红色砂砾岩构成，形成了赤壁丹崖的"丹霞地貌"，自然景观主要沿泸溪河两岸展开，"丹峰环碧水，密林藏怪石，苍山挂飞瀑，候鸟映湖光"的景色吸引了大批游客。景区内有天工造化的龙虎山，有惟妙惟肖的象鼻山，有美若绝伦的僧尼峰，还有天下绝景思源壁等景点。

泸溪河发源于福建光泽原始森林区，一路穿山过峡，汇集 36 股山溪，沿途经云台山、象山、圣井山、上清镇、正一观、仙水岩、马祖岩，汇入信江，进鄱阳湖，注入长江，全长 286 公里，在景区流长 43 公里，是龙虎山风景区水上游览的最佳线路。这条河随流经地点的地名不同，而有不同名称，如"沂溪"、"泸溪"、"上清溪"、"云锦溪"等，现统称"泸溪河"。泸溪河水深处"二两丝线打不底"，水浅处游鱼历历可数，水急处船筏如箭离弦，水缓处平滑如镜，尤其是碧水与丹山结合得非常和谐，山立水边，水绕山转，真可谓河水与天上来，泸溪仙境流。难怪晁补之在泸溪泛舟后，欣然写下"行尽江南最远山，却寻千越上溪滩"的名句。泸溪河两岸分布着许多神井丹池、流泉瀑布，这是龙虎山水文化的又一奇景。水帘洞飞泉玉帘，银瀑喷薄，濯鼎池、龙化池、清浊池不涸不溢晶莹如镜，圣井、灵泉井水美味甘，清凉心田。元代名人赵孟頫的一首《水帘洞》写道："飞泉如玉帘，直下数百尺。新月悬帘钩，遥遥挂空碧。"揭傒斯在《云锦溪棹歌》中写道，"绕过浮石是蓝溪，溪上青山高复低。山中泉是溪中水，寻源直到华山西。"泸溪河是龙虎山的母亲河，两岸的奇峰异石、茂林修竹犹如仙境一般。

龙虎山水美，山更美，奇峰秀出，移步成景，它的地质地貌独具特色，有着很高的科研和观赏价值。整个景区地质地貌特征主要分为三大块；南东部以火山岩为主，边部有老京戏质岩和花岗岩侵入体，中北部为丹霞地貌。我国最早（1928年）研究丹霞地质地貌的是中国地质学家、矿产学家、原中科院地质学部委员冯景兰先生。龙虎山丹霞地貌具有极高的旅游观赏价值和科学研究价值，主要因为她的特点非常独特：一是秀美多姿，与众不同。我国丹霞地貌分布区有150余处，多数由于地形高差相对较大，以雄奇险峻为重要的景观特色。而龙虎山地形高差相对较小，最大只有240米左右，总体显得秀美多姿，婀娜俊秀，仿佛是一位妩媚动人的少女，尤其以仙女岩为突出代表，表现了一种至极的柔和俊秀之美。二是类型多样，分布集中。龙虎山丹霞地貌景观的类型有23种之多，在全国也名列前茅，而且大多数类型的景观，较为集中地分布于龙虎山和仙水岩景区，面积约40平方公里。分布上由南到北，地形上由高到低，景观由密到疏，由密集型峰丛到形型峰林、低矮丘陵，景点之密集，类型之多样，特景绝景之众多，在国外也数少见。三是碧水丹崖，山水交融。明净的泸溪河，似一条蜿蜒的玉带，由东南至西北将两岸的丹崖地貌景观奇妙地串联起来，景在水中，水中景里，相互映衬，美不胜收。

飞云阁位于仙水岩码头上游，这里壁立千仞、面临深渊。崖壁上刻有"玉壁凌空"、"半天仙迹"、"神仙可栖"、"鹤归留影"等摩崖石刻，均为明嘉靖首辅（宰相）手笔。崖下有一开阔地，大约可容数百人之多。古时这里建有寺庙，并在绝壁中建有栈道通往庙内。此庙规模较大，上下共七层，因此又叫"七层庙"。庙后来毁于火灾。明代诗人马犹龙的《信州水岩舣舟蜃云阁》就作了生动的描写："似是桃源道，频通渔父船。莲花拓石秀，云锦照川妍。壁遗蜕，丹封不记年。琼田杳，故物为谁传。"

金钟峰耸立在河水边的上面小下面大的山峰，外形酷似上清宫内的龙钟，这叫金钟峰，上山无路，高不可攀。传说原来上清宫内有一对龙钟、凤钟，敲打龙钟，凤钟和鸣，而且初一敲钟响到十五。有一天凤钟被送进皇宫，皇帝要张天师在上清宫敲龙钟，而凤钟却偏偏不响，皇帝龙颜不悦。凤钟在被抬回的路上，羞愧难当，便掉在泸溪河边。张天师盛怒之下，将它点化成这座金钟峰。

石壁弯拱、倾斜欲坠的山峰，叫覆盆岩，大家看它是不是很像一个倒扣的大脸盆。这座山脚下的水最深，据说二两绣花丝线也打不到底，可以一下通到20公里以外鹰潭公园龙头山下，与信江相连。山壁上有许多大小不一的石洞、石沟。这是以前水流沿另一方向裂隙下渗溶蚀的结果，后期河流一侧的岩块崩塌后，使之暴露，加快其溶蚀、片状风化剥落的作用，形成类似足印或其他形状不规则的洞穴，以及沿倾斜裂隙而成的斜条带状洞穴、石沟。由于这些洞穴多数酷似人的足迹，所以民间又称之为"仙人足迹"。旁边有一道从山顶直贯水中的斜沟，传说，这些都是许真君擒孽龙留下的。许真君是西晋时期的著名道士许逊，曾隐居南昌西山。当时，由于孽龙作怪，江西经常遭洪水，许真君穷追不舍，在石壁上踩出一个个深深的脚印。在山顶他们又大战几个回合，孽龙突然使了一个金蝉脱壳计，从覆盆岩滑下河底，留下一道深沟。入水后，从鹰潭龙头山下深吸一口气又潜入鄱阳湖，累得精疲力尽，终被观音用铁链条制成的面条锁住心肝，镇在南昌西山万寿宫的水井里。观音念它对老母还有一点孝心，便同意它每年三月三、九月九出来探望老母。孽龙出来时，便会引起暴雨洪水。所以当地百姓有一道歌谣说："三月三、九月九，无事莫在河边走。"覆盆岩上还有一处奇观。山的顶部有一个倒三角的洞穴，一根横梁上平放着两具棺木，据分析，是一处崖墓夫妻葬，静静地躺在一块已经2600多年了。

仙人城看似有上下两层的山峰，就是与"水岩"并名的仙岩。仙岩耸立在泸溪河的西岸，为周围山峦的最高峰，山峰奇秀，灵洞密布。《龙虎山志》中记述着："岩中空洞，结庵以居。下临深渊，上嵌空碧。到处洞穴中通。泛舟仰视，上穷目力，仅可仿佛。"所以，唐代大诗人顾况当年泛舟到此，被眼前奇峰吸引，又因不知如何上得山去，而疑惑不已，因此，赋诗一首："楼台采翠远分明，闻说仙家在此城。欲上仙城无路上，水边花里有人声。"

山顶之上建有道教宫观—兜率宫，山腰之内建有寺庙—仙姑庵，自然景观与人文景观者非常丰富和谐。人说，在龙虎山，登高可览99峰龙腾虎跃之雄峻。那只有登上这座仙岩，才可真正领会这一说法的神韵所在。关于仙岩的还发生诸如"许真君大战孽龙"等故事。仙岩与旁边的山峰隔开一道上宽下窄的裂缝，叫一线天，两山合在一起也被称为"试剑石"。《龙虎山志》记载："试剑石，在仙岩隔峰。祖天师试剑开此，一石中分，截然两断。"据说，原来这两座峰是连为一体的，东汉中叶，祖天师张道陵初来云锦山炼丹，当地土地爷不肯外乡人插足这一福地。于是，张天师自称是太上老君命他来炼丹创道的，并有宝剑为凭。土地爷不信，便刁难张天师，宝剑如能将此山劈开他就依了。哪知，天师拔出宝剑，手起剑落，刀光剑影之中，一石中分。土地爷拱手相让。"一线天"左侧山头有一突出的岩石，酷似一个目瞪口呆的猴头，那叫"惊呆猴"。正是因为张天师的这一惊天劈地神剑，使这位"猴爷"回不过神来。

当然传说归传说，这里形成"一线天"的景观，是由于早期地层产状平缓的地块，随着地壳抬起上升，沿着其中的节理、裂隙，水流不断的快速冲刷，侵蚀切割，因而出现与节理、裂隙走向基本一致的平直峡谷、深沟，沟谷两侧多为陡峭的崖壁。崖壁上，软岩层往往被水冲刷出槽、穴、洞、坑等。

海上神仙事渺茫，崂山金碧尽辉煌
——神窟仙宅

游崂山

柳亚子

海上神仙事渺茫，崂山金碧尽辉煌。
燕齐迂怪君休诮，谡谡松风夹道凉。

崂山是我国海岸线上惟一一座海拔超千米的高山，绕崂山的海岸线长达 87 公里，沿海大小岛屿 18 个，构成了崂山的海上奇观。当你漫步在崂山的青石板小路上，一边是碧海连天，惊涛拍岸；另一边是青松怪石，郁郁葱葱，你会感到心胸开阔，气舒神爽。因此，古时有人称崂山是"神仙之宅，灵异之府"。传说秦始皇、汉武帝都曾来此求仙，这些活动，给崂山涂上一层神秘的色彩。历代文人名士都在此留下游踪，号称"道教全真天下第二丛林"。

崂山自然景观与人文景观交相辉映，尤以"巨峰旭照、龙潭喷雨、明霞散绮、太清水月、海峤仙墩、那罗延窟、云洞蟠松、狮岭横云、华楼叠石、九水明漪、岩瀑潮音、蔚竹鸣泉"十二景为最。崂山的主要景点有：龙潭瀑与八水河、太清宫、上清宫、明霞洞、八仙墩、太平宫、白云洞、华严寺、百福庵、华楼宫、九水、巨峰、蔚竹庵、塘子观、法海寺。

崂山是国家级森林公园。有黑松、赤松、落叶松、山杜鹃等植物1400余种。有古树名木225株，如汉柏、唐榆和银杏等。在此按进山旅游线路分为南线，中线，北线。

山体的主峰为巨峰，海拔1132.7米。它耸立在黄海之滨，高大雄伟。当地有一句古语说："泰山虽云高，不如东海崂。"山海相连，山光海色，正是崂山风景的特色。崂山山脉系燕山期花岗岩组成，属花岗岩地貌景观。

巨峰又称崂顶，云海奇观、彩球奇观、旭照奇观为其三大景观。巨峰为中国观日出最早佳境之一，观"日出海上"，则惟崂山独具。于崂山度假村或客栈小住，夜看月景，晨观日出，乃崂山之游一大快事。为崂山九大风景游览区中最高最险峻的一个景区。有一线天，黑风口，五指峰比高崮，灵旗峰，自然碑等景观。其最高处为巨峰，俗称"崂顶"，海拔1133米，为崂山的主峰。巨峰极顶有一块几尺见方的岩石，名"盖顶"，又称"磕掌"，仅能容三四人。巨峰山势陡峭，攀登艰难。西从柳树台东上15公里。南从烟云涧行10余公里，西北由鱼鳞口向东南攀行约五六公里，东由上清宫或明霞洞西去，西南循大圈子，迷魂洞均可抵达巨峰。"巨峰旭照"，"崂山火球"，"云南奇观"，"巨峰佛光"为巨峰四大奇观。

华楼峰崂山三大奇石之一，古称聚仙台。为一方形山峰，四壁陡峭，巍峨险峻。传说八仙过海途径崂山，何仙姑于聚仙台梳妆，又名"梳妆楼"。史载张三丰等名道皆与此峰有不解之缘，故成为海上名山之一。

太清宫又称下清宫，在崂山东南蟠桃峰下、崂山湾畔。宋太祖为华盖真人刘若拙建道场于此。太清宫占地3万平方米，建筑面积2500平方米，共有殿宇房屋155间。太清宫现存三宫殿、三清殿、三皇殿三院。宫中奇花异卉，四时不绝。耐冬花开，红艳如火，蒲松龄《聊斋志异·香玉》篇所写红衣女子绛雪，幻为宫中耐冬化身。汉柏、唐榆、宋银杏均历经风霜，至今仍柯干嵯峨，蓊郁葱翠。凌霄花盘绕汉柏而上，蜿蜒如龙蛇，名曰"古柏盘龙"。三清殿前碧水一泓，宫中道士名之为神水泉，大旱之年亦不枯竭。三皇殿内壁嵌元世祖忽必烈护教文碑及成吉思汗所颁金虎符文。宫后巨石有康有为题刻。宫东道旁有一巨石，高达丈余，上刻"波海参天"四大字，下有"始皇帝二十八年游于此山"小字一行。每当月夜，天风海涛，空明一片，崂山胜景"太清水月"即此。

位于上清宫外南侧，系一瀑布。因崖高水急，瀑布在空中飞舞，好似白龙飞下深渊。因落差较大，山风又疾，瀑水在空中北吹散为雨滴，瀑布飞溅入潭，又激起满谷水雾，恰似置身于雨中。

问潭哪得清如许，龙潭飞瀑天上来。

这里是龙潭瀑。龙潭瀑又称"玉龙瀑"，瀑水源自崂山南麓的8条溪流，这8条溪流汇成八水河。河水自上而下在这里形成一股激流，又从高约 30 米的悬崖陡壁奔腾而下，形成了瀑布。由于崖高水急，瀑水凌空飞泻，宛如一条白龙从云端腾起，落入潭中，瀑击潭水，声若龙吟，气势雄伟壮观。这道瀑布被称为"龙潭瀑"。瀑水落入的水潭，称"玉龙潭"。站在潭边，狂泻而下的瀑水由于落差较大，山谷中风势又急，瀑水在空中被山风撕碎，形成蒙蒙细雨，落下潭中激起满谷水雾，就像置身雨中。这道景观被列入"崂山著名十二景"，称"龙潭喷雨"。

龙潭瀑气势壮观，水色秀丽，音韵激昂。传说很早以前，有一条白龙因违犯了天规，被玉皇大帝贬下崂山。没想到这条白龙恶性不改，竟变成了一个英俊的男子，干起了欺男霸女的勾当，再次惹恼了玉皇大帝。玉皇大帝便派张天师惩罚他，二人在山中拼力斗法。最后，白龙被张天师斩于大涧陡壁处，变成了挂在这里的一道瀑布。

龙潭瀑崂山八水河中游，于百尺悬崖飞流直下，喷珠吐玉，状如龙舞。潭中碧水凝寒，清澈见底。山雨过后，洪涌瀑注，飞腾叫啸，蔚为壮观。

从太清宫北上，行约 3 公里左右，在竹树葱茏、绿阴掩映中便是明霞洞。这里背后石峰耸立，山高林密，前望群峦下伏，峭壑深邃，每当朝晖夕阳，霞光变幻无穷，因而被列为崂山十二景，称"明霞散绮"。这里就是著名的那罗延窟。《华严经》记载："东海有处，名那罗延窟，是菩萨聚居处。"

那罗延窟位于那罗延山的南坡，是一处天然的花岗岩石洞，四面石壁光滑如削，地面平整如刮。石壁上方凸出

一生好入名山游：诗词中的山川风景

一方薄石，形状极似佛龛。洞顶部有一浑圆而光滑的洞孔直通天空，白天阳光透入洞内，使洞中显得十分明亮。

据说，这个洞原来没有孔，那罗延佛在成佛前带着徒弟在此洞修炼，当他修炼成佛后，凭着巨大的法力将洞顶冲开一个圆孔升天而去，才留下这么个通天的圆洞。在梵语中，"那罗延"是"金刚坚牢"的意思。此窟由花岗岩构成，与梵文的那罗延名实相符，僧侣们称此窟为"世界第二大窟"。

据《憨山大师年谱疏》记载，明代高僧憨山在五台山修行时，从《华严经》上看到有关那罗延窟的记载，遂不远千里来到崂山，在那罗延窟坐禅修行两年余，原来想在窟旁建寺，后因地域限制，不宜扩展，更觉得建筑材料运输、施工等多方面都有困难，才易地太清宫处建海印寺，引起一场长达16年的佛道之争官司。因为此窟的结构独特，并载入宗教典籍，所以被誉为"崂山著名十二景"之一——"那罗延窟"。

狮子峰在太平宫东北，几块巨石相叠，侧看成峰，状若雄狮横卧在苍茫云雾中，海风吹来，白云宛若游龙，翩若惊鸿，在阳光的照射下，景色十分绚丽。但狮子峰最壮美的景色是"狮峰观日"，人们在狮峰观罢日出，趁晓雾未开，方可尽情地领略"狮岭横云"的妙趣，因而被列入崂山十二景。

北九水，白沙河上游河流，因山有九折，水有九曲得名。以北九水疗养院"九水界桥"为界分内九水外九水。"九水明漪"为崂山十二胜景之一。源于巨峰北麓之水，流入峡谷，一路群峰竞秀，万木峥嵘，佳景迭出，美不胜收，故有"九水画廊"之美誉。

九水十八潭崂山主要游览区之一，长约 3 公里，由众多景点组成，统称为九水十八潭，有"九水画廊"之美誉。一水有"至柔潭"，二水有"居卑潭"、"未封潭"、"未始潭"，三水有"无隅潭"、"无极潭"，四水有"自取潭"、"俱化潭"、"中虚潭"，五水有"有间潭"、"得鱼潭"，六水有"得意潭"、"无几潭"、"不滞潭"，七水有"餐霞潭"、"饮露潭"，八水有"清心潭"，九水有"洗耳潭"、"潮音瀑"等重要景点。游览区内建有旅游度假村和疗养院。曾以"九水明漪"之誉被列崂山十二景之一。

"巨峰旭照"是指在崂顶观日出的壮美景象。如有机会，黎明前登上崂顶，遥望东方，在海与天相连的地方，渐渐出现一抹鱼白光。转眼间，彩色光圈下出现一个鲜红光团，光团慢慢上升成为一个圆形的火球，把海水"提"起来，这时候的太阳宛如一盏灯笼镶在海面的"基座"上。一瞬间，只见太阳向上轻轻一跃，挣脱了大海的依恋，升了起来，海面上万点金光，波光闪耀。这时巨峰和群峰的顶部也都像少女羞红了脸，充满片片红光。渐渐地，太阳越爬越高，连山谷中的浮云也染成了红色。这一景观被誉为"崂山著名十二景"之冠。

"云海奇观"一般出现在夏季。这期间，站在峰顶向下看：云浪在脚下的山腰里缠绕奔涌，形成一片片浪花飞卷的云海；稍高一些的山峰有时露出峰顶，如同一个个岛屿浮现在由云海组成的海面上。当山风吹来，把云浪推进山谷，又会看到急浪滚滚、汹涌如潮的场面。海水潮起潮落都是一种平行流向，而崂山中的云涛却有升有降。相比之下，游人所处的位置有时似乎突然落下，有时又显得骤然升起。置身在这一瑰丽的景象中，你会有一种腾云驾雾的感觉。

"崂山火球"是指盛夏雷雨天气的一种自然奇观，不是经常可以观赏到的。因为夏季白天气温较高，空气中水分含量较大，每当雷雨天快要到来时，天低云暗，游人站在崂顶，头顶是火辣辣的太阳，脚下却是黑云压境。只见在浓黑的云海中，一条条火龙在摇头摆尾，一团团火球上蹿下跳，伴随着震耳欲聋的雷声，似乎感觉到整个山都在摇晃，令人胆战心惊、目瞪口呆。雷雨过后，峰峰谷谷又恢复了平静，空气也格外清新，涧谷流溪中，山洪轰鸣喷泻，又汇成了一种撼动山岳的汹涌气势。接二连三的自然奇观，令人惊叹不已。

林下谁闻法，尘中只见山
——天府遗世

寄青城山颢禅师

崔涂

怀师不可攀，师往杳冥间。

林下谁闻法，尘中只见山。

终年人不到，尽日鸟空还。

曾听无生说，应怜独未还。

青城山位于都江堰西南，以青翠满目，山形如城而得名，连峰不绝，蔚然深秀，有"青城天下幽"之称。云雾缭绕的山中深藏着8大洞、72小洞，相传东汉张道陵（民间俗称张天师）曾修道于此，道教称为第五洞天。

青城山背靠千里岷江，俯瞰成都平原，景区面积200平方公里，有36峰、8大洞、72小洞、108个景点。区内气候温和，被林海点装的雄峰犹如一座青色的城，绿色的海。这绿和秀组成了青城山"幽"的基调，山上的宫、观、桥、亭、坊、阁、泉、池，或匿于绝岩之下；或隐于密林之中，呈现了无穷的幽意。

前山以常观、上清宫为心，宫观相望，古迹甚多。建福宫、祖师殿、朝阳洞等人文景观与金鞭岩、石笋峰、丈人山等自然风光彼此增色。登顶眺望，成都平原尽收目中，令人心胸豁然开朗。

建福宫，坐落于丈人峰下，山门左侧。始建于唐代，后经历代多次修复，现仅存两殿三院。建福宫筑于峭壁之下，气度非凡。其左侧是明庆府王妃遗址，西行1千米，即至岩石耸立，云雾缭绕的"天然图画"。宋代诗人范成大曾在此为宋帝祈祷，皇帝特授名为"瑞庆建福宫"。诗人陆游有诗描写当时的建福宫是"黄金篆书榜金门，夹道巨竹屯苍云。岩岭划若天地分，千柱眈眈在其垠"，观宫内保存有古木假山、委心亭、明庆符王妃的梳妆台遗址，以及壁画、楹联等文物。

天然图画位于建福宫与天师洞之间，海拔893米，两峰夹峙。游人至此，可见亭阁矗立于苍崖立壁、绿荫浓翠之间，如置身画中。亭阁后是常有丹鹤成群，唳于山间的驻鹤庄；右有横石卧于两山之间的悬崖上，被称为"天仙桥"，传为仙人聚会游戏处。

天师洞，自建福宫北行两公里即至青城主庙就是天师洞。天师洞始建于隋朝大业年间，三面环山，一面临涧，古树参天，古朴幽静。相传东汉末年张道陵曾在此讲经传道。观内正殿为"三清殿"，殿后有黄帝祠和天师洞等古迹。天师洞右下角有一小殿，名三皇殿，内有轩辕、伏羲、神农石像。洞门前有一株古银杏树，高约 50 余米，胸围 7.06 米、直径 2.24 米。据说乃张天师手植，树龄已达两千余年。

1943 年夏，杰出的画家和美术教育家徐悲鸿先生曾来青城山写生。他在天师洞独居一室，先后创作了屈原《九歌》中的插图《国殇》、《山鬼》等多幅作品，送给青城道士的《奔马》和《天马》图，已制成石刻陈列。

祖师殿，位于天师洞右后侧山腰间，出天师洞过访宁桥即到。祖师殿又名真武宫，创建于唐代。唐代诗人杜光庭、薛昌，宋代张愈均在此隐居。唐睿宗的女儿玉真公主也曾在此修道，以求成仙。该殿环境幽静，殿内有真武祖师、吕洞宾、铁拐李等神仙塑像及八仙图壁画、诗文刻石等。

朝阳洞，位于主峰老霄顶岩脚，洞口正对东方，深广数丈，可容百人，传为宁封丈人栖息处。清人黄云鹄曾在此结茅而居，并撰联曰："天遥红日近，地厌绛宫宽。"近代画家徐悲鸿也曾在此撰联："空洞亲迎光照耀，苍崖时有凤来仪。"

上清宫，位于青城山第一峰、距峰顶约 500 米的半坡上。始建于晋代，现存庙宇为清同治年间所建，上有"天下第五名山"、"青城第一峰"等摩崖石刻，宫门"上清宫"三字由蒋介石题寅。宫内祀奉道教始祖李老君，有老子塑像和《道德经》五千言木刻，还有麻姑池、鸳鸯井等传说遗迹。上清宫后为老霄顶，建有呼应亭，是观赏日出、神灯和云海奇观的绝佳地点。

金鞭岩位于青城天仓三十六峰之阴，与神仙岩、鸡公岩、瓯子岩连缀组成，相对高度 380 多米，上细下粗，顶端尖削，拔地而起，直插云霄，宛如一根长长的金鞭插在地面。无论你远看近看，正看侧看，都是一根刺破青天的长鞭！在金鞭岩左侧的那座岩峰，你仔细看多像一只凶猛的老鹰，勾嘴瞪眼，双翅略展，时刻警觉地守护金鞭，人称"神鹰护鞭"。

关于金鞭岩和神鹰护鞭，有许多美丽的传说。流传最广的是当年秦始皇手持仙鞭赶山填海到此，被东海龙王发觉，即派女儿出面阻止。龙女用美貌迷住秦始皇，以假鞭换走仙鞭。秦始皇发觉后，弃假鞭于此，变成了这座山峰。从科学角度看，它们是由多组节理裂隙切割岩层后，经风化、崩塌而形成的。

金鞭岩，层峦叠嶂，高下错迭，为丹霞地貌，雄峻、峭拔，为青城雄奇险奥之灵区，其壮观不减华泰！仰望金鞭岩，那绝壁千丈，连峰十里，苍藤老树，直入青暝的壮观景观，堪称是天造地设的人间画屏。青城前后山，均有游道至 36 峰之绝顶轩皇台，俯视前山诸峰，如峰浪起伏，尽皆东去，川西平畴，尽收眼底；回首后山红岩、六顶诸峰，层峦叠嶂，白云缭绕，古道弯弯，曲径通幽；早晚间看日出、云海和晚霞、雪山，使人心旷神怡，飘飘然如入仙境。古人有诗云："三十六峰如不到，青城还似不曾游。"

青城后山位于青城山后，泰安乡境内，距成都 60 公里，总面积约为 1000 平方公里。西北与卧龙自然保护区为邻，而东北与赵公山相连，东越天仓山、乾元山可到天师洞、福建宫，西南与六顶山、天国山接壤，与青城山一脉相承，深藏不露，极具神秘色彩，直至 80 年代才加以开发。乘车从青城山大门左侧公路西行，跨青溪桥，穿后山门，经飞仙亭、飞仙观、响水洞、白石碾、金鞭亭、八卦台、贡茶亭、迎仙亭、三龙亭等众多景点，方到青城后山景区的起点站——泰安寺。景区全程 20 余里，新建有上山索道可使游客节省一半路程，便能欣赏到青城后山大部分景观。近年还新建了各类宾馆，为游客开辟了许多全新的旅游项目。青城后山还是蜀茶的著名产地，宋代设味江镇，清代此地出产的佳茶被列为贡茶。

晓色未开山意远，春容犹淡月华昏
——楼台烟雨

游栖霞寺

李建勋

养花天气近平分，瘦马来敲白下门。
晓色未开山意远，春容犹淡月华昏。
琅琊冷落存遗迹，篱舍稀疏带旧村。
此地几经人聚散，只今王谢独名存。

栖霞山古称摄山，位于南京市太平门外 22 公里处。南朝时山中建有"栖霞精舍"，因此得名。山有三峰，主峰三茅峰海拔 286 米，卓立天外，又名凤翔峰；东北一山，形若卧龙，名为龙山；西北一山，状如伏虎，名称虎山。山西侧称枫岭，有成片的枫树，每到深秋，满山红遍，景色十分迷人，是栖霞山吸引游人的主要景致。另外栖霞山古迹名胜很多，奇岩怪石不少，因之成为远近闻名的旅游胜地。

栖霞寺位于南京市东北 22 公里处的栖霞山上，是我国佛教著名圣地之一。1983 年被国务院确定为汉族地区佛教全国重点寺院。

栖霞寺得名于南朝刘宋时期著名隐士明僧绍之号——

一生好入名山游：诗词中的山川风景

"栖霞"。南齐永明七年（489年），明僧绍捐其住宅为寺，称"栖霞精舍"，后又改为"栖霞寺"。唐时改名功德寺、五代十国时改妙因寺，宋代改名为普云寺、栖霞寺、崇报寺、虎穴寺等。明洪武二十五年（1392年）敕书"栖霞寺"。清咸丰五年（1855年）栖霞寺遭兵燹而毁。光绪三十四年（1904年）栖霞寺住持僧宗仰、若舜相继修复。栖霞寺现存建筑山门、天王殿、毗卢殿、藏经楼、摄翠楼等，大部分是此时募化重建。民国初年宗仰上人曾得孙中山先生的资助，再建道场。1979年修复一新，作为佛教活动场所对外开放。中国佛教协会赵朴初会长亲笔撰写了《重修栖霞寺碑文》，对栖霞寺1500年的历史作了总结和介绍。

栖霞寺前有彩虹亭，再前即为白莲池，形似半月，又称"月牙池"。池周围新增汉白玉石雕刻栏杆，与池水相映成趣。寺门上横嵌"栖霞古寺"四个大字，左右墙上分别镶着"六朝胜迹，千佛名蓝"。入寺门，即见1930年建成的弥勒殿，过弥勒殿，便是金碧辉煌的毗卢殿，重檐九脊，高大雄伟，殿内佛像和弥勒殿的塑像等均是1979年南京工艺雕刻厂和温州民间艺人雕塑。东西两旁佛龛上供木雕二十诸天（高约2米）像等，精工雕塑，各有姿态。

栖霞寺又是唐朝鉴真和尚所至之处，所以在寺内的藏经楼院内专设"鉴真和尚纪念堂"，供奉着1963年日本文化代表团访问南京时赠送的一尊鉴真和尚脱胎塑像，还陈列有鉴真和尚有关史迹资料多种。《摄山栖霞寺明征君碑》立于唐朝上元元年（674年），碑文是唐高宗李治所作，由初唐著名书法家高正臣书，其书法既师承了王羲之，又吸取了褚遂良等的笔法，自成一家。通篇用行书挥写，笔画丰润圆劲，是我国保存下来的最早行书碑刻之一。虽历经1300年风雨，依旧"风骨凝重，精光内含"。碑阴有"栖霞"两个大字，相传为唐高宗李治亲题。

舍利塔为覆钵式，外形类似密檐形式，八角五层，高约15米。塔基每边长5.13米，八面浮雕释迦八相图，即苦行图、涅槃图、自兜率天宫下降母胎图、受生图、受乐图、求道图、成道图、鹿苑说法图，每幅连边框高65厘米，宽93厘米。花纹装饰性强，雕琢极为精细，富于立体感；服装完全中国式，比例匀称，衣纹垂顺。每幅图不限于一个故事，常两、三个故事相连。其座周绕古朴仿木的石栏杆，外周边镌有水浪斗风宝相花，间有鱼虾、海鳗等纹样。

塔身第一层高出，全部作八角柱形，正面作户形；双门紧闭，门上刻铜钉兽环，西面为普贤骑象图；正东、西北、西南和东北四面雕刻天王像；四天王上又镌飞天之像，极为生动；其背面亦作户门，前后门两旁柱上，刻有《金刚经》四句偈。塔自第二层以上，上下檐间距离颇短，各面均作两圆拱龛，内刻坐佛，下有莲花座，上作缨络花绳。在舍利塔右侧佛龛的岩石上，有南唐著名文士徐铉、徐锴的题名。徐铉、徐锴是亲兄弟，他们曾各自注解了《说文解字》，流传至今。在他们的题名后，还有"黄侃"两个大字，黄侃也是研究《说文》的著名学者。

舍利塔位于江苏南京东北17公里的栖霞山中峰西麓栖霞寺大佛阁右侧。五台栖霞寺舍利塔各层平面均为正八边形，塔为五层，高约 16 米。全部用细致的灰白石构成，仿木结构，外表装饰华丽，基座部分绕以栏杆，上面是覆莲，须弥座和仰莲承受塔身。须弥座腰部的隔板内，浮雕着释迦牟尼成道八相图，依次为：白象投胎；树下诞生，九龙洒水；出游四门；逾城苦修；河中沐浴，村女授乳，树下禅坐；证道说法；降伏魔王；大般涅槃，荼毗焚化。座的角石均刻力士负重。塔身是雕琢精细的力士金刚和钉有 42 颗石钉的大门，这一层塔身特别高，八角形，每面有倚柱。塔身以上是五层出檐很长的石檐。檐与檐之间刻有佛像，檐下斜面上还有雕刻的飞天、乐天、供养天人等。各檐仿木构瓦面，角梁端有环系铃铎，只存下少数。塔顶原为金属刹，有铁链引向脊端垂兽背上铁环；1931 年修补顶刹，作六节宝相花和莲花图纹。佛塔的塔座装饰着佛像和龙、凤、狮及其他动植物、波涛等图饰，豪华富丽。

舍利塔东面是闻名中外的千佛岩。岩壁前镌刻着宋朝游九言书写的正楷大字"千佛岩栖霞山"。西壁无量殿是修建最早、最大的佛龛。龛正中坐的无量寿佛身高 3.25 丈，连座高 4 丈，分侍两侧的观音、大势至菩萨线条流畅，形体匀称。三像衣褶作风颇似大同云冈石佛，但它的开凿却比云冈石窟早 17 年。三佛菩萨合称"西方三圣"，故该殿又名"三圣殿"。佛像或一二尊一龛，或三五尊一窟，或十来尊一室，大至数丈，小仅尺许，共 294 龛，515 尊佛像。后来的唐、宋、元、明各代也相继开凿，共七百余尊，号称"千佛岩"。

栖霞风景区的第一景是明镜湖，它位于栖霞寺大门西面，面积约 3000 平方米，是清乾隆年间兴建的，湖中有湖心亭，并有九曲桥与岸相连，造型精巧，景点名"彩虹明镜"。向东有月牙池，然后就是栖霞寺大门。栖霞寺座落在栖霞山中峰西麓。南齐永明元年（483 年），隐士明僧绍舍宅为寺，称"栖霞精舍"，后成为江南佛教三论宗的发祥地。唐代时称功德寺，增建了殿宇 40 余间，规模很大，与山东长清的灵岩寺、湖北荆山的玉泉寺、浙江天台的国清寺并称天下四大丛林。清咸丰年间毁于火灾。清光绪三十四年（1908 年）重建，现主要建筑有山门、天王殿、毗卢殿、摄翠楼、藏经楼等，为南京地区最大的寺庙。

栖霞寺还有若干自然奇观，饶有情趣。如栖霞寺东北，平山头的南坡上有一处青灰岩石，表面呈波浪状，人称"迭浪岩"，十分罕见。此外还有"青锋剑"、"天开岩"、"一线天"等大自然鬼斧神工的奇观，足以吸引四方游人。

栖霞驰名江南，不仅因为有一座栖霞寺，还因为它深林茂盛，泉清石峻，景色令人陶醉，被誉为"金陵第一明秀山"。深秋的栖霞，红叶如火，层林尽染，南京人尤喜举家游览，民间有"春牛首、秋栖霞"之俗。

一生好入名山游：诗词中的山川风景

迢递高城百尺楼，绿杨枝外尽汀洲
——陇西的天堂

安定城楼

李商隐

迢递高城百尺楼，绿杨枝外尽汀洲。

贾生年少虚垂涕，王粲春来更远游。

永忆江湖归白发，欲回天地入扁舟。

不知腐鼠成滋味，猜忌宛雏竟未休。

我国有四座崆峒山，一座在甘肃平凉，一座在河南临汝，一座在山西临汾，还有一座在江西赣县，最著名的当属甘肃平凉那座。崆峒山又名空同山，位于平凉市西郊距城约 15 公里，属六盘山山脉，海拔 1800－2100 米。最高峰翠屏山，海拔 2123 米，北倚关山，南望太统，背负笄头，面临泾水，奇峰林立，洞窍玲珑。既有北国之雄，又兼南方之秀，被誉为陇东黄土高原上一颗璀璨的明珠。

相传崆峒山为仙人广成子修炼得道之地，道教的创始人老子据说也曾在这里修炼讲道，有"道家第一山"之称，是道教七十二福地之一。山名取自道家空空洞洞、清净自然之意。

崆峒山早在秦汉时期已有庙观建筑，经历代修葺，琳宫梵刹遍布诸峰，盛时有九宫八台十二院等四十二处寺观。传说道士张三丰曾避居崆洞 5 年，留下了许多传闻轶事。

清初平凉知府杨凤起函请西陇县龙门洞道士苗清阳前来住持重修皇城，将崆峒列为全国道教十方常驻之一。崆峒山的道教建筑至清代大都坍塌，保存至今的仅太和宫等几处。太和宫位于主峰天台山上，如建于汉，原称问道宫，传为黄帝问道广成子处。宋、元、明历代都有增修。明末宫毁，清康熙时重修，取名太和宫。由牌楼、灵宫殿、祖师殿、灵霄殿等建筑组成，殿宇楼阁富丽堂皇，气势雄伟，俗称"皇城"。殿堂内有精美的塑像，还绘有大量彩色壁画，画风有点像清代"扬州八怪"的风格。宫后有全真阁，供奉河南道人王道成塑像。相传王道成在明成化年间曾隐居问道宫，后修炼成仙。宋人左矩游此留下《崆峒山》诗一首：天中苍翠郁岧峣，黄帝遗踪也邈遥。绝壁风云龙虎气，虚岩钟鼓鬼神朝。谁问至道留金简，尚有封祠奏玉箫。俯仰情深吟不尽，马头残叶响山椒。

一生好入名山游：诗词中的山川风景

崆峒山周围地区也是中华民族的发祥地之一，伏羲、炎帝、轩辕都曾在这片土地上活动过。历史上有许多帝王曾涉足这里。秦始皇在其统一中国后的第二年就到崆峒山；汉武帝在元鼎五年（前112年）曾"登崆峒以望祖历"。历史悠久的人类活动在这里留下了具有道教建筑特色的皇城建筑群、惊心动魄的上天梯、蔚为壮观的五台寺观、"丝绸之路"的通道——鸡头山、古人类文化遗址齐家文化等人文景观。宋人游师雄的《崆峒山》诗云：崆峒一何高，崛起乾坤辟。峻极倚杳冥，峥嵘亘今昔。

崆峒山山势雄伟，似鬼斧神工；林海浩瀚，如巨浪排空；环境神幽，令人陶醉；奇峰怪石、云海是其奇景；瑰伟、苍翠、清秀是其特点。自古道家居所常以石室洞天相称。崆峒山幽洞遍布，有传说久远的广成子洞、仙鹤洞、玉女洞、朝阳洞、青龙洞、广成子丹穴等众多的石室窟穴，且洞中有景，景色迷人。其中以仙鹤洞最富传奇色彩。相传洞里有玄鹤，本是广成子座前的仙童，因与龙宫玉女产生恋情，广成子一怒之下，将其变为鹤打入石洞。据石碑记载，玄鹤顶红而羽白，惟有两翼与颈则黑，有点像丹顶鹤。据说数千年来，玄鹤仅在洞处出现过三次。还有人说，玄鹤出洞，广成子就回崆峒山收徒了。宋人李瑛《元鹤》诗云：元鹤高飞唳碧天，一声清澈到人间。千秋遗有仙禽在，何乃而今道不传。

有山无水显不出山的气度，有水无山显不出水的精神。崆峒山得天独厚，弹筝峡泾河萦回，后峡胭脂河湍流，交汇环抱于望驾山脚下，形成虎踞龙盘之势。正如前人所说："崆峒得泾而势愈雄"，"舍此则天以贝其尊"。山上有浴丹泉、黄龙泉、黑龙泉、玛瑙泉，更平添无尽神韵。崆峒山在植被尤其珍贵的西部，堪称天然植物园，这里森林覆盖率几乎是百分之百，已知植物有千余种，仅古树名木就有 60 多种。

明人赵时春认为崆峒山"山川雄秀甲于关塞"。的确，崆峒山的雄奇幽秀的自然景观和悠久深厚的人文景观，及其所造就的独特气质吸引了历代文人墨客的视线，在此留下了大量的诗词、游记、摩崖石刻、碑记。

现已形成天门铁柱、中台宝塔等七大景区和十二个景点，其间山门崖、天梯高悬、晨钟暮鼓，烟云缭绕，游人身临其境，大有浊念顿消，飘然欲仙之感。

此情可待成追忆

传说中的爱恨情愁

第一章　爱，已随风逝

平凡人生中，爱情有时如烟花般灿烂，会让人心乱如麻，然美丽而短暂；有时如细水长流，给人平和温馨的包容，却温暖而平缓。无论是哪种，无不需要两个人的付出，甚至相互的妥协。

垆边人似月，皓腕凝霜雪
——卓文君当垆沽酒

菩萨蛮

韦庄

人人尽说江南好，游人只合江南老，
春水碧于天，画船听雨眠。
垆边人似月，皓腕凝霜雪。
未老莫还乡，还乡须断肠。

此情可待成追忆——传说中的爱恨情愁

简　析

　　这首词写作者于江南逗留之际，为江南美人所迷，乐而忘返的情景。"春水碧于天，画船听雨眠"写江南水乡之美。当然，仅此自然景观之美还不足以令游人老于江南。下片便将镜头对准"垆边人"。这是指汉代卓文君当垆卖酒的佳话，一直被文人所津津乐道。作者写"人似月，皓腕凝霜雪"画出一位冷美人形象。"未老莫还乡，还乡须断肠"应了上片"老"字。这样美好的景致，这般美女佳丽，真叫人恨不能于此终老。

　　司马相如与卓文君的故事可说是家喻户晓。司马相如是西汉有名的辞赋家，音乐家。早年家贫，并不得志，父母双亡后寄住在好友王吉家里，王吉是当地的县令。卓文君的父亲卓王孙是当地的大富豪。卓文君当时年仅十七岁，生有一副美貌："眉色远望如山，脸际常若芙蓉，皮肤柔滑如脂"，加上她善弹琴，文采非凡，可说是有名的佳人。卓文君本来已经嫁给了一个皇孙，不料那皇孙短命，成婚一个多月就辞世了，所以卓王孙因心疼女儿，就将她接回家中。卓文君回到娘家以后，整日闭门不出，悲悲戚戚，暗自伤神。

　　卓王孙与王吉都是上层人物，多有往来。某日，卓王孙在家宴请王吉，司马相如也在被请之列。席间，免不了要作赋奏乐。司马相如得知卓文君的事情以及她的声名，自己已是而立之年，却还没有娶亲，于是奏了一首《凤求凰》来向其暗送情意。

凤兮凤兮归故乡，遨游四海求其凰。时未遇兮无所将，何悟今兮升斯堂。

有艳淑女在闺房，室迩人遐毒我肠。何缘交颈为鸳鸯，胡颉颃兮共翱翔。

卓文君也老早就听说过司马相如这个人，十分仰慕他的才华，于是，得知父亲要请他来家做客时，她便躲在帘后偷听他们谈话。听到司马相如的琴声之中有求偶之意时，卓文君那么聪慧，她怎么会听不出来呢。她暗暗高兴。两个人互相爱慕，但是因为司马相如家贫如洗，他们的感情受到了卓王孙的强烈阻挠。没办法，两人只好私奔。

想到要私奔。卓文君真是喜忧参半。像司马相如这样的风流才子，能爱上自己真是令人心醉的事情。但一想到私奔毕竟不是什么光彩的事情，她又有点犹豫了。在她眼前那些礼教一下子都显现出来。卓文君熟读过许多书，这些书中谈到了男女的婚姻要经过双方父母同意，一步一步来的。如果老人不在身边，妇女夜里连堂阶都不能下，怎么可以深夜私奔呢？与人私奔，这是多么严重地违反礼教的事啊！但文君随后又想到，婚姻当是男女双方感情的结合，自然应由男女双方自己来选择；如果让父母包办，就可能重走一年前的老路，那时根据父母之命，媒妁之言，她被嫁给一个半死不活的阔少爷，结婚一个多月，丈夫就病死了。想到这里，她脑子一下子豁然开朗，心情也踏实多了。

司马相如派人用重金买通了文君的贴身侍女，与文君互通心曲。当夜，文君的贴身丫头急急忙忙走进来，递上了相如派人送来的亲笔信。文君看了又羞又喜。她与丫头慌忙地换了一身衣服，连首饰都顾不得收拾，踏着月色，便急急往司马相如处奔去。司马相如一见文君，果然容貌绝世。生得眉如远山，眉毛的颜色仿佛遥望中的秀山；面如芙蓉，两颊细润润地像盛开的荷花。皮肤细腻光滑，有如油脂。特别是那双眼睛，火辣辣地，迸射着爱的光芒，一下子就把司马相如烧化了。司马相如本有口吃的毛病，这时也不口吃了，向心上人表白了自己倾慕已久的爱心。

他们高高兴兴地回到了司马相如的老家成都。相如与文君简单地收拾一下，安了一张床，便开始了他们的清苦生活。那时相如约二十九岁，文君十七岁。司马相如家徒四壁，一贫如洗，又没有一份固定的差事做，日子过得异常拮据，可以说得上捉襟见肘。卓文君本是养在笼中的幸福小鸟，现在虽说是得到了自由，然而却面临着严峻的生活考验。由于生活的窘迫，卓文君不得不把自己的头饰当掉了。

她的父亲，那位就知道赚钱的大富豪卓王孙，一听说女儿与司马相如私奔了，非常恼怒。他从来还没吃过这么大的亏！他恨司马相如：一个穷光蛋，竟敢勾引我的女儿，简直是有辱斯文，让我在众人面前抬不起头。但是转念一想：也只能怪女儿不争气。俗话说得好：一个巴掌拍不响。他又恼恨起自己的女儿来。他扬言："我卓王孙的女儿这样不知羞耻，败坏我的门风，一分钱我也不会分给她，决不会！"有人劝卓王孙，说："文君年纪小，不懂事，她毕竟是您的亲生骨肉，做父亲的怎能忍心女儿在外边衣食无着呢？"不管别人怎么劝说，卓王孙就是听不进去。

这样过了一段时间，在焦急等待中的卓文君见父亲毫无宽容的意思，也不说接济自己，不禁闷闷不乐起来。从小任性的卓文君想：父亲，你不心疼我。好，我也就照顾不到你的面子了。

她对司马相如说："你的宅第都在临邛，我的兄弟也在那儿，向他们借些钱就能活得更好一些，为什么要在这儿活受罪呢？"司马相如也不是甘守贫贱的人，于是欣然同意了爱妻的意见。二人夫唱妇随，又回到了临邛。他们把车子、马匹卖掉，买下了一座小酒店，做起小生意来。卓文君放下小姐的架子，亲自站在柜台边卖酒。司马相如也围上了长围裙，与仆佣、跑堂的一样，一会洗碗涤盘，一会切菜炒菜，和佣人们一起干杂活。卓文君呢，淡扫蛾眉，当垆卖酒。还自己到行人众多的市中心的井边洗盘子涮碗。

人们听说大才子司马相如和卓王孙的女儿开酒铺，而且大名鼎鼎、腰缠万贯的卓王孙的女儿当起了老板娘，干起了下等妇女才干的活，直接在小城里成了头号新闻。大家纷纷光临，都想一睹才子佳人的样子，一时间酒店门庭若市，远近闻名。小小的临邛县沸沸扬扬，街头巷尾，人们都在津津有味地谈论这件事。有那么多好奇的人，专程到小酒店，去一睹卓文君的风采。这些事情自然传到卓王孙的耳朵里去了。

卓文君亲自当垆卖酒，消息传到父亲耳朵里，他感到脸面被女儿丧尽了，因此闭门不出，免得被人指指点点。可闭门不出也不是个长久之策呀。亲朋们受了卓文君之托三番五次地来劝说卓王孙。卓王孙思之再三，叹了口气，

此情可待成追忆——传说中的爱恨情愁

· 99 ·

也就顺势下坡，卓王孙实在是没办法，还是面子重要，最后不得不送给文君一百个奴隶、几百万钱，外加她出嫁时的衣被财物。司马相如与卓文君自然喜出望外，正中下怀。或者是为了避免父亲大人看着不顺眼，或者是思乡心切，司马相如和卓文君带着财物，又回到了成都，买了一幢宅子和一些田地，过起了富人的日子。卓文君很满足，因为她的梦想终于成真：有了如意郎君，又有了财富。

后来，司马相如的《子虚赋》被汉武帝看到了，于是这个大才子被汉武帝召入宫中得到重用。

几年过去之后，司马相如想纳妾，卓文君气愤地做了一首《白头赋》相劝：皑如山上雪，皎如云间月。闻君有两意，故来相决绝。今日斗酒会，明旦沟水头。躞蹀御沟上，沟水东西流。凄凄复凄凄，嫁娶不须啼；愿得一心人，白头不相离。竹竿何袅袅，鱼尾何徒徒。男儿重意气，何用钱刀为！司马相如看了后，羞愧难当，最终没有纳妾。

从此二人白头偕老，并成了历史上不离不弃的一段佳话。卓文君的多情不知激动了一代又一代多少多情儿女，卓文君的勇敢又不知激励了一代又一代多少勇敢儿女。她甚至成为多情和勇敢的象征，她的爱情之舟所去的方向，吸引了无数封建社会的青年男女。他们一个个都是自己爱情之舟的船长。中国历史上有文字记载的第一对自由恋爱而结婚的情侣，始自卓文君与司马相如。

女人不轻易爱上一个人，一旦爱上了便不再轻易放弃。女人的爱义无反顾，没有后悔，多少有点让人感叹。女人是水，一滴轮回的水。女人又像雾，那样让爱她的人在温柔中度过。爱是彼此需要，在寂静的夜里，让彼此的呼吸纵情纠缠，然后，把思念放逐，沉入千年的谷底，回到相识的最初。漫天飞舞的叶儿带着缘分扑面而来。太多的幸福，实在厚重，令人惊喜了几个世纪，沉沦了几个轮回。仍然听不到离歌，生生世世的相守。

爱情是美好的，爱情同时还潜藏着无限可能性。它有时容易变质。可以说文明的进步往往是"制约"在进步，而不是"爱"在进步。爱会使人难堪：如果过分限制爱，爱情就会死去。如果过于放纵爱，爱情甚至有可能会犯罪。爱情像一本书，书皮可以磨破了，但书的内容还能风趣，书的意义还在。现实生活中的人们，并非物质富有就等同了幸福，总有那么点琐碎的事存在。

爱情会和人的境遇有紧密的联系。如果爱情的双方生活奢华，爱情通常是朝秦暮楚，朝三暮四的。并不是他们不珍惜爱情，实在是因为生活的奢华燃起了更多的欲望。如果爱情的双方生活艰辛，那么爱情通常会比较稳定，可能从一而终。因为生活的艰辛，把人们的爱情限制在一个较低的水准。这种患难之中的爱情尤其珍贵，但要面临着安乐生活的检验，经得住才能日久天长。有时候，患难过去了，爱情也就消失了。

便纵有千种风情，更与何人说？
——相敬如宾的诸葛亮与黄月英

雨霖铃

柳永

寒蝉凄切，对长亭晚，骤雨初歇。

都门帐饮无绪，留恋处兰舟催发。

执手相看泪眼，竟无语凝噎。

念去去，千里烟波，暮霭沉沉楚天阔。

多情自古伤离别，更哪堪冷落清秋节！

今宵酒醒何处？杨柳岸晓风残月。

此去经年，应是良辰好景虚设。

便纵有千种风情，更与何人说？

简　析

　　此词是抒写离情别绪的千古名篇，以冷落的秋景作为衬托来表达作者与爱人难以割舍的离情。作者将他离开恋人惜别时的真情实感表达得缠绵悱恻，凄婉动人。上片写临别时的情景。从日暮雨歇，送别都门，在帐中饯行，到兰舟催发，泪眼相对，执手告别，依次层层描述离别的场面和双方惜别的情态，展示了令人伤心的一幕。下片写想象别后的情景，述怀，以"念"字开始，设想别后的情景，点出离别冷落。"今宵"两句之所以被推为名句，不仅在于虚中有实，虚景实写，更由于以景"染"情、融情入景。"今宵酒醒何处"，接上片"帐饮"，可以想到虽然"无绪"却仍旧借酒浇愁至于沉醉；"杨柳岸、晓风残月"，集中了一系列极易触动离愁的意象，创造出一个凄清冷落的怀人境界。"此去"句往下，以情会景，放笔直写，不嫌重拙，由"今宵"想到"经年"，由"千里烟波"想到"千种风情"，由"无语凝噎"想到"更与何人说"，回环往复而且一气呵成地描写了愁思。上片中的"执手相看泪眼"等句似乎浅显，但下片虚实相间，情景相生，可以与著名的"雅词"相比，因此可以说俗不伤雅，雅俗共赏。

三国时期，荆州一带有一句俗语说："莫作孔明择妇，只得阿承丑女。"这里的阿承，说的是荆州名士黄承彦，而阿承丑女就是黄承彦的女儿黄月英。据说，诸葛亮与黄月英的亲事破除了世俗观念，没有媒妁之言。

听说诸葛亮准备择偶，黄承彦是当地的名士，一向以高风亮节著称，他向诸葛亮提议说："听说你正在择偶，我有一个丑女儿，虽然黄头发、黑皮肤，但才能却正好与你相匹配。"诸葛亮一听便同意迎娶她。于是，诸葛亮亲自前往沔阳黄府中。诸葛亮年轻英俊，身高八尺，有逸群之才、英霸之器，容貌极佳，飘飘然有神仙之态，他的不凡相貌让周围的人很惊奇。诸葛亮不仅是英俊少年，而且极其风雅，琴棋书画样样精通。黄月英真是人如其名，她身体强壮，黄色头发，皮肤略黑，皮肤上还有一些疙瘩。当地的人很奇怪，为什么诸葛亮会同意娶这么一位其貌不扬的小姐。

那么，诸葛亮为什么这么痛快便答应了黄承彦的提议呢？原来，刚开始时，诸葛亮是东挑西捡的，他有自己制定的标准。黄承彦是个聪明的人物，他揣摩了诸葛亮的心思，看透了诸葛亮对于大家闺秀与美貌佳人都不屑一顾的做法，惟一的理由就是他志在兴国立业，而淡泊寡欲，他需要的一定不是出身名门望族的美貌女子，必定是一位才德俱备的贤内助。因此黄承彦才敢冒昧地当着诸葛亮的面为自己的女儿说亲。表面上看起来诸葛亮是随便就答应了，实际上他早已经过深思熟虑了。

对诸葛亮的到来，黄承彦早已作了充分的准备。他早就吩咐好家人："只要诸葛相公一到，不用通报，请其径行登堂入室。"这是一项很特殊的礼遇。当诸葛亮兴冲冲地昂首进院之时，不料堂屋两廊间突然窜出两条猛犬，直往他身上扑过来，丫环闻声而出，连忙朝两只狗的头上拍了几下，那两只猛犬乖乖地停止了扑跃，丫环又拧了它们的耳朵一下，两只凶猛的家伙就乖乖地退到廊下，蹲了下来。诸葛亮仔细一看，原来两只猛犬都是木头做成的机械狗，他顿时哑然失笑。

进到了内室，黄承彦盛情款待诸葛亮。诸葛亮大大称赞两只木犬制作得精巧，黄承彦听后，哈哈大笑，说道："木犬是小女闲来无事之时，闹着玩做成的，没想到却让您受惊了，实在是抱歉得很啊！"诸葛亮这才明白，忙说："原来如此。不要紧。"他游目四下望去，只见墙壁上一幅《曹大家宫苑授读图》，黄承彦立刻说到："这画是小女信笔涂鸦之作，让您见笑了。"接下来，他指着窗外那些似锦的

最美的诗词故事大全集

繁花说："这些花花草草也都是小女一手栽培、灌溉、剪枝、护理的。"经黄承彦这样一介绍，诸葛亮经木犬、画、花花草草，已经把黄月英的模样与才干，在内心深处想象出了一幅轮廓鲜明的形象，他知道这正是他所追求的目标。

于是，诸葛亮高高兴兴地把黄月英迎娶回家门。从此，邻居们以貌取人，不明就里地讥讽："莫学孔明择妇，只得阿承丑女。"他们并不知道，诸葛亮正庆幸自己娶到了一位贤德的媳妇呢。

黄月英到诸葛亮家后，亲自操持杵臼，并打理农桑，家中里里外外的粗活儿与琐事，她都按部就班地处理得妥妥帖帖，诸葛亮当然身受其惠。不只是诸葛亮本人受到了这个丑媳妇无微不至的照顾与侍候，就连他的朋友在隆中诸葛亮的农场盘桓时，受到这位丑嫂嫂亲切的照顾，他们均有一种宾至如归的感觉。时间久了，远近邻居对诸葛亮的丑媳妇，态度渐渐地改变了，他们从以前的鄙视到漠视，从漠视到重视。

这黄月英不但是一个粗细活都能料理干净利落的小妇人，她也能出言不俗地与丈夫娓娓清谈，特别是在春花盛开或秋月皎洁的时节，夜阑人静的朦胧灯光下，她又展现出许多羞涩柔媚的表情，在光影的错觉下，诸葛亮感觉到自己的内人，实在有种不为外人道的美态。外人只认为诸葛亮的丑媳妇貌丑德美，当然不知道她还是一个具有"内在美"的女人。

诸葛亮六出祁山，威震中原，发明了一种新的运输工具，叫"木牛流马"，正是在黄月英的启示之下，他才发明出来的。解决了几十万大军的粮草运输问题。

此情可待成追忆——传说中的爱恨情愁

诸葛亮居住在隆中期间，有客人来访，他吩咐妻子磨面，就一会儿工夫，面已经磨好了，诸葛亮很奇怪为什么这么迅速。后来他私下观察，看见有几个木人在那里快速磨麦、磨面。于是诸葛亮向黄月英请教，学到了相关的机械技巧。后来，诸葛亮招集众将通过对原有的机械技巧进行改造，制作了木牛、流马两种运输工具。后又发明一种叫"连弩"的新式武器，出敌制胜，魏国大将张郃就死在这种武器之下，实际上这些都是他妻子黄月英教的。此外，诸葛亮五月渡沪，深入南中，七擒孟获，为避瘴气而发明的"诸葛行军散"、"卧龙丹"也是黄月英教给他的。不能不说诸葛亮的这位妻子是一位地地道道的贤内助。

　　在刘备三顾茅庐以后，诸葛亮跟着刘备出生入死，黄月英常常带着年幼的儿子诸葛瞻守在隆中的家中，静候佳音。等到诸葛亮升任蜀汉丞相之时，他长年受赐，拿的应该是蜀国最丰厚的薪水，但他却将其中的大多数给了别人。诸葛亮一身洁白，两袖清风。当时位居丞相夫人的黄月英自己一直养桑织布，自给自足，没有给他增加一点负担。她在隆中带领家人在宅前宅后植桑八百株，以倡导蚕丝的生产。对此诸葛亮十分感动，他在《前出师表》中讲得一往情深。

　　诸葛亮贵为武侯，日理万机，国事繁重，教育子女之事责无旁贷地全部落在黄月英的身上。他的儿子诸葛瞻及孙子诸葛尚后来奉命镇守绵竹，当兵临城下之时，他不受威胁利诱而壮烈成仁，也同时殉国。晋一统天下之后，曾诏诸葛亮的第三个儿子诸葛怀到洛阳封赠显爵，诸葛怀上表说："臣家在成都有桑八百株，薄田十五顷，衣食自有余饶；才同棂栎，无补于国，请得归牖下，实隆赐也。"晋武帝司马炎只好尊重他的志向，可见诸葛亮的遗训和诸葛夫人的遗泽，仍然在影响他们的后代。

诸葛亮一生行事谨慎，稳扎稳打，从无失算。他毅然决然地娶了个丑媳妇，不但使他一生无后顾之忧，更使他在事业发展上获得了一个强有力的支柱，更重要的是他一生一世都沉湎在温柔的照顾中，夫妻情感的亲密，非局外人可知。诸葛亮自从娶了黄月英之后，夫妻间相敬如宾，执子之手，与子偕老。但是很长一段时间，他们都没有孩子。不孝有三，无后为大，在封建社会，遇到这种情况，男人休妻或者再娶都可以，但是诸葛亮却没有这样做。他曾写信给江东的哥哥诸葛瑾，将其子过继到自己膝下，夫妻间仍旧恩爱如初。在诸葛亮46岁的时候，黄月英为他生了一个儿子，只可惜诸葛亮那时整天忙于南征北战，没有一点时间去享受天伦之乐。黄月英独守在家中，一个人将儿女带大，她也毫无怨言。

诸葛亮夫妇好像陌上的青烟，林间的流水一样，平淡却温和。他们在平淡中，体味出生活的真谛。他们的婚姻，看似没有乱世离奇的色彩，一生如行云流水，正如吃饭饮茶一般。然而，这种相濡以沫才是真正的传奇。

有一种爱情是"执子之手，与子偕老"。它不是轰轰烈烈，也不那么惊天动地，它像流水一样绵延不断；它没有海誓山盟，也没有花前月下，只有相对无言的默契。冥冥之中，有一双属于你的双手，它们紧紧地握住你，陪你度过一生一世。使你在陌生的人群中，在迷失与彷徨之间，始终能够安详且从容。

爱情是美丽的，虽然有的爱情也许并不动人。虽然恋爱中的人们都很平凡，然而，却是美丽的。在人的平凡生命中，本来就没有那么多催人泪下、山崩地裂的故事。在万丈红尘中，多的是平凡的普通人。所以，那并不惊心动魄的爱情才如此值得珍惜。这种爱情，不如想象中的那么完美、那么浪漫。只是淡淡的一种感觉，没有大喜大悲，只是一种手牵着手、肩并着肩的感觉。

就这样手牵着手，坦然地一起走进围城，从此相互扶持，把许多毫不动人的日子走成一串风景。多年以后再度回首，过往那些平凡的片断，那些曾经抱怨过的、曾经怀疑过的时光，却是生命中最温馨的篇章，所有的日子都是淡淡而绵长的回忆。

人们常说时间可以冲淡一切，可总有些东西是地久天长的。总有一种爱情，像高山般执著，像大海般深沉，像天空般广阔。时光在不停地流走，即便是满身尘垢，却仍然愿意蒙上双眼，把双手交给一生一世的恋人。"执子之手，与子偕老"是一种并肩站立，共同凝望日升日落的感觉，一种天地在变惟情不变的感觉。它见证了岁月、见证了双方的感情。

"执子之手，与子偕老"该是一幅两个人同撑起一方天空的风景。像两棵独立的大树共同撑起一方天空，枝叶在蓝天下伸展，树根在地底下相互交错。风霜雨雪中，每一刻都是如此美好，每一刻都是一首动人的情诗，每一刻都值得用心去回味。只是紧紧地互握着双手，眼波如流的默契，什么话也不说，于从容中相互陪伴着走过生生世世的岁月。

妖姬脸似花含露，玉树流光照后庭
——膝上贵妃张丽华

玉树后庭花

陈后主

丽宇芳林对高阁，新装艳质本倾城；
映户凝娇乍不进，出帷含态笑相迎。
妖姬脸似花含露，玉树流光照后庭；
花开花落不长久，落红满地归寂中！

简　析

这首词赞美嫔妃们娇娆媚丽，堪与鲜花比美竞妍。"玉树后庭花，花开不复久"的哀愁意味，也许是陈后主已感到了某种不祥征兆。

陈后主陈叔宝。小字黄奴，南朝陈的皇帝。他每天沉湎在酒和女人之中，从不问国家大事。在经常举行的宫廷宴会上，陈后主常把中书令江总和陈暄、孔范、王瑗等一般文学大臣一齐召进宫来，跟美女杂坐在一起，饮酒做诗，互相赠答。赋诗作歌，通宵达旦。《玉树后庭花》就是在这种环境下诞生的。

陈后主宠爱美女张丽华。张丽华出身农家，家境贫寒，父兄以织席为业，她很小就被召进宫中当了宫女。那时，陈后主在做太子，张丽华年仅 10 岁。容貌姣好，被送入东宫，做了孔贵妃的使女。张丽华年纪虽小，却非常乖巧，加上美艳动人，深得孔妃的喜爱。她是美人中的美人，头发秀美长达七尺，可以垂到地面，眉目如画，光彩焕发。她性情宽厚而绝顶聪明，此外，更具有敏锐才辩及过人的记忆力，"人间有一言一事，辄先知之。"

她在做孔贵妃的侍儿时，陈后主对她一见钟情，封为贵妃，视如珍宝，以至于后主临朝之际，百官启奏国事之时，常常将张丽华放在膝上，共听天下大事。特别是张丽华为他生下一个儿子之后，后主立即立他为太子。张丽华在他心目中的地位更加提高、巩固。

有一天，陈后主与众嫔妃及几个文人学士，在宫中吟诗做颂。张丽华道："皇上只评判我们，自己还未作一首。大家怎么会答应呢？"后主道："也好。只是春光虽美，却哪及我后庭之中的高阁芳林？与这些嫔妃美人相比，更是略逊一筹。我便写首以记下今日盛会之念。"于是叫人拿来笔墨，写下了一首《玉树后庭花》。

后主写罢，众人都拍掌称好。丽华说道："皇上这一首《玉树后庭花》，把我们刚才的曲儿都比成了童谣。这首词如果能谱成曲儿，演唱出来，一定妙极了。"后主道："这曲便由你来谱，怎样？"张丽华道："实不相瞒，刚才读皇上的新词，妾心中已有一谱。不如唱给大家听听，看看合适不合适？"后主高兴地说："有歌无舞，如莱少一味。贵妃就且歌且舞一回，如何？"张丽华道："既是皇上下旨，妾还有何话说？"

她叫上侍女在地上铺上红毡，在旁边奏起乐来。丽华脱下鞋子，只穿着一双白袜，慢慢走上红毡，踩着乐声节奏，巧翻彩袖，轻舞纤腰，如彩蝶穿花般，又似蜻蜓点水。一开始还是不快不慢，后来乐声渐急，她便盘旋不停，霎时间红遮绿掩，犹如一片彩云在毡上翻滚，令人眼花缭乱。一声锣响，众乐皆停。丽华的身子嘎然而停，亭亭而立，面不红，气不喘，站在那儿启朱唇，露玉齿，轻翻别调，唱出声来。所唱正是后主刚做的《玉树后庭花》词句。华丽的词句经过她婉转唱出来，更加清新动人。丽华歌舞既罢，喜得后主极口称赞不已。道："贵妃真是多才多艺，技压群芳，我这首《玉树后庭花》竟被你歌舞得淋漓尽致。"众人也都说此词配上此曲，再经此人唱了，真可谓千古绝唱。张丽华道："妾哪有这种能耐，此首若是千名宫女同唱，那才能气势磅礴，尽情尽意。"后主大喜："那好，你就来教后宫中学唱此曲，一定要它千古流芳。"后主所料不错，一曲《玉树后庭花》果然流传千古，只是人们若记起此曲的时候，也必同时忆起后主的失国耻辱。

　　公元588年，晋王杨广率领五十万大军向南方陈朝发动了总攻，隋军渡江时，陈朝有人上书给陈后主告急，要他火速派兵援救，但是陈后主此时仍只顾饮酒作乐，隋军进宫，后主道："刀剑之下，怎可儿戏？到了这个时候，保命要紧。"于是他不顾大臣劝阻，带领几个嫔妃，下楼直奔后堂景阳殿，想要投于胭脂井中。后主纵身跳了下去，丽华和孔妃见了，也相继跟着跳下。隋军入宫，没见到皇上，便抓住一个内侍，逼问后主下落。内侍指着井说："在井里。"众人走到井口，向下望去，只见漆黑一片，什么也看不清，连叫了几声，下面也没有声音。于是众人喊道："再不吭声就往下扔石头了。"这才听到下面有人慌张答道："别扔，别扔。"于是拿来一根绳子，向井里喊道："你抓住绳子，我们把你拉上来。"三五个人把绳子拉上来一看，绳子的那头拴着后主与张、孔二妃共三人。

陈后主成了俘虏，与张、孔二妃被软禁在德教殿。后主在屋里坐卧不宁，心绪烦乱。张丽华问道："如今时局已定，无可挽回，皇上还有什么放心不下的？"后主道："隋文帝当年将宇文氏一家满门抄斩，杀尽九族，极其狠毒。等我们见文帝，恐怕就没有性命在了。"张丽华道："我听说晋王杨广生性好美色。妾一旦有机会，一定会效仿西施，把隋家的天下闹个地覆天翻，以报今日之仇。"听了自己爱妃的话，后主感动又无奈地摇头道："贵妃豪气不让须眉，只怕我们永无翻身的机会了。"正说着，有人来召丽华。丽华道："为什么单召我一个？"只听那人说道："晋王派特使来专召张贵妃。"

丽华回身握住后主的手说道："妾这一去，恐怕就不能回来了。请皇上保重龙体，忍辱负重。妾这次若能侥幸不死，将来我们重逢之时，就是出头之日。丽华生是陈国人，死是陈国鬼，若不成功，一定以死报皇上之恩。"说罢跪倒在地，向后主行三拜九叩大礼。后主见了，不禁泪如雨下。丽华起来又拜了孔妃，对她说道："皇上就全赖您照顾了。"说罢就随着来人出去了。那神态就如出征的将士，又如临刑的好汉，刚果毅然。

张丽华来到大殿，见堂上坐着一个干瘦的老头，便上前盈盈拜道："妾张丽华参见大人。"老头斜着眼睛望了丽华好一会儿，微微点了点头，说道："果然是美艳风流，名不虚传。晋王让我为特使专来召你进见。听说你一曲《玉树后庭花》倾国倾城，不妨就在这里跳上一曲，让我们开开眼界。""妾虽亡国之臣，却也曾身为贵妃，不容他人戏弄。""这就由不得你了。""怎么？难道你要行凶不成？""你虽然美艳如花，却迷惑不了我。姜太公蒙面斩妲己，我怎能留你来乱我大隋？"丽华冷笑道："只怕你无此胆量。""只因为你不知道我是谁。我曾经连杀美女十名，怎么会杀不了你？老臣平生最恨女人，也深知女人是祸水这个道理。所以，绝不能留人祸国。""好吧。"张丽华知道今日难逃劫数，她反而镇定下来，"我要死在青溪桥畔。我死后，请你把我的尸首扔进青溪水中。那里是我出生的地方，也是我的归宿。"她把头转向窗外，夕阳西照，为大地镀上了一层金黄。又是一个美丽的季节。绝代佳人，未能实现舍身报主的心愿，就此香消玉殒了。

几千年的岁月，数不尽的风流，欢乐与哀愁，如今都在哪里呢？

当爱情来临，是快乐的。但是，也要学会接受失望、伤痛和离别。爱一个人很难，放弃自己所爱更不容易。爱情是风花雪月的事。在爱情的世界里，总有一些近乎荒谬的事情发生，当一个人以为可以无愧地生活时，偏偏爱情已经到了结局，剩下不堪的爱情，人生不再那么纯粹。爱情是含笑饮毒酒，当它完结的时候，无法厮守终生，才知道爱情不过是人在旅程中，匆匆而过的驿站，无论停留多久，始终还是要离去。

爱，原来是一件百转千回的事。爱情，是自身的圆满，不曾被谁离弃。爱上了，才领略思念的滋味、分离的愁苦。它只是自己的一份经历。爱情从希望开始，由绝望结束。相爱的双方，惟望"但愿人长久"。

爱情主宰着女人的生命，女人的感情是感性的。她们大多会付出真爱，不然，会过不了自己的那一关。女人爱上男人，无论何时都想为他做出牺牲，任何的不惜代价。女人就是为爱和被人爱才来到这个世间的。女人从出生开始做梦都会想遇到爱情。女人的衣饰、地位、财富、学识在几万年中变化了很多，然女人的心却始终没变，仍是那群水做的骨肉，为爱而舞的精灵。她遇到所爱的男人时，女人愿意付出一切，包括灵魂、健康、肉体和一辈子的忠诚，经此换取意中人的终生厮守。

故国三千里，深宫二十年
——文成公主的一世情缘

宫 词

张祜

故国三千里，深宫二十年。
一声何满子，双泪落君前。

简 析

远离家乡三千里，深居宫中二十年。凄惨地唱一声
《何满子》，在君王的面前，眼泪哗哗流。

西藏是世界上一个雪域佛国，它终日被缥缈如哈达般
的白云环绕着。西藏拥有着无数个传奇故事。其中最具特
色、最富魅力的城市莫过于拉萨。拉萨像一朵美丽的雪莲
花盛开在神山圣湖之间，吸引着无数个对它顶礼膜拜的灵
魂，它被人们称为"精神流浪的圣地"，同时，它也是爱情
的圣地。

公元 7 世纪，一个叫松赞干布的英主称雄这片雪域
高原。松赞干布是个能文能武的人。他十三岁的时候，
就精通骑马、击剑、射箭等各种武艺，而且爱好唱民
歌，还会写诗歌，当时即受到人们的爱戴。他的父亲死
去后，吐蕃贵族发动叛乱，松赞干布靠他的勇敢才智，
很快把叛乱平定了。他是一位骁勇慓悍的领袖，他率领
军队统一了青藏高原上的许多部落，完成了对一些小国
的兼并，建立了一个强盛的王国，最后定都逻些。逻些
城即今天的拉萨。统一的吐蕃王朝（当时西藏叫做吐
蕃）从此开始了崭新的一页。在松赞干布的励精图治
下，生产很快发展起来，人民生活安宁富裕，雪域高原
变得牛肥水丰。年轻的松赞干布并不满足吐蕃的贵族生
活，为了学习唐朝的文化，他派出使者，长途跋涉，到
长安要求跟唐朝建立友好关系。

当时，中原地区在经过数年的战争后，由李渊父子建

立起了中国历史上空前强大的大唐帝国，国势的强盛，对拉萨产生了强烈的影响，唐太宗灭了东突厥后，又派李靖击败了西南的吐谷浑，打通了西域的通道。西域各国纷纷和唐朝交往，远在西南的吐蕃，也派使者来了。唐太宗也听到吐蕃的名声，愿意跟他们结交，还派使者到吐蕃去回访。从而引出了一个千古佳话：松赞干布与文成公主的爱情故事。

那一年，松赞干布派了个能干的使者禄东赞到长安向唐朝求亲，带了一百人的出使队伍，备了五千两黄金和许多珍奇的厚礼，到长安去。唐太宗接见了禄东赞。据说，使者禄东赞是个绝顶聪明的人。他传达了年青国王松赞干布想跟唐朝友好的心愿，说得娓娓动听，并把松赞干布请求与皇族结亲的意思转达得委婉而得体。唐太宗心里很高兴，就在皇族的女儿中，挑选一个美丽温柔的女子，封为文成公主，把她准嫁给松赞干布。文成公主是唐太宗一个远亲李侯王的女儿，人长得端庄丰满，自幼饱读诗书，她虽然对遥远的吐蕃的生活心存畏惧，却又充满了新奇的向往，又在皇命之下，也就应允了。

公元641年的严冬季节，送亲队伍出行。他们从长安出发，经过陇南、青海到西藏有一个多月的路程，沿途要经过几条湍急的大河。隆冬季节河水平缓，便于送亲的队伍通过。二十四岁的文成公主在江夏王李道宗的护送下，动身到吐蕃去。唐朝廷为公主备了一份十分丰富的嫁妆。金银珠宝，绫罗绸缎，样样俱全。除此以外，还有许多吐蕃没有的谷物、果品、蔬菜的种子，药材，蚕种等。文成公主还带去了大批的医药、种树、工程技术、天文历法的书籍。组成成员除文成公主陪嫁的侍婢外，还有一批文士、乐师和农技人员，几乎就像一个"农业科技队"和"文化访问团"。唐太宗深谋远虑，觉得只有对吐蕃加强笼络，才能保证大唐西南边陲的稳定，因此才千方百计地对他们从经济和文化上予以协助，使吐蕃在潜移默化中感激和追随大唐。文成公主实际上就是肩负着这项和睦邦交的政治任务远嫁的，这支送亲的队伍也是前去协助她完成这项使命的。

经过一个多月的顶风冒雪的艰苦跋涉，春暖花开的时候，文成公主一行到了黄河的发源地——河源，这里水草茂盛，牛羊成群，一改沿途风沙迷茫的荒凉景象，另有一番景象，让人精神为之一振。文成公主一路上都在为吐蕃的恶劣地势而忧心忡忡，看到这种美景，她深深松了一口气，于是送亲队伍在这里作了短暂的休整。

这时，松赞干布亲自率领的大队迎亲人马也赶到了河源。李道宗请出文成公主与松赞干布相见。松赞干布虽然是驰骋高原的国王，见多识广，但一见到大唐的金枝玉叶，顿时为她所倾倒。只见文成公主身穿华美的盛服，气度文雅，神态端庄，与雪域高原上那些质朴的吐蕃女子完全是两个世界的人。真是不能够相提并论。文成公主定睛看了松赞干布，虽然他被高原的烈日和狂风塑造得黝黑而粗犷，但他高大健壮的身材和眉宇间流露出来的豪爽之气，显得十分英武。文成公主心中暗自庆幸，感谢苍天，自己算是嫁了一位伟丈夫。

松赞干布和文成公主越过雪山高原，到了逻些城。文成公主出嫁的消息传到吐蕃，从唐朝边境到吐蕃，一路上都有人准备好马匹、牦牛、船只、食物，接送文成公主。送亲和迎亲的队伍前呼后拥、威风八面地进入了逻些城。入城的那天，逻些人民像过盛大节日一样，载歌载舞，夹道欢迎。在李道宗的主持下，松赞干布与文成公主按照汉族的礼节，举行了盛大的婚礼，全逻些城的民众都为他们的赞普和夫人歌舞庆贺。松赞干布乐不可支地对部属说："我族我父，从没有与上国通婚的先例，我今天得到了大唐的公主为妻，实为三生有幸，我要为公主修筑一座华丽的宫殿，以留示后代。"

松赞干布在迎娶文成公主之后，对她宠爱有加。当时，唐朝盛行佛教，文成公主是一位虔诚的佛教徒，而当时吐蕃无佛，松赞干布便专门为她修筑了规模宏大的布达拉宫。不久，一座美轮美奂的宫殿就建成了，里面屋宇宏伟华丽。亭榭精美雅致，还开凿了碧波荡漾的池塘，种上了各色美丽的花木，一切建制都模仿大唐宫苑的模式，用来安顿文成公主，借以慰藉她的思乡之情。其富丽堂皇让人为之惊讶。这一松赞干布与文成公主的爱情见证，经过千年洗礼，成了今天人们公认的佛教圣地。

为了与文成公主有更多的共同语言，松赞干布脱下他穿惯了的皮裘，换上文成公主亲手为他缝制的丝质唐装，还努力地向文成公主学说汉语，一对异族夫妻，感情融洽，互爱互敬，开始了他们新的生活。

文成公主与松赞干布共同生活了 9 年。松赞干布在 650 年去世，文成公主在他去世后仍然留在吐蕃，又生活了 30 多年，直到 680 年因病去世。文成公主在吐蕃的四十年为汉藏两族人民的友好联系和发展藏族经济文化作出了巨大贡献。直到现在，在西藏的大昭寺和布达拉宫，还供奉着松赞干布和文成公主的塑像。

　　中国历史上，有不少以公主或宗室女子下嫁番邦国王和亲的事例。文成公主远嫁吐蕃，是和亲情况的典范。在她的影响下，汉藏两族的友谊有了很大的发展，所以历史上也把文成公主誉为最成功的女外交家。

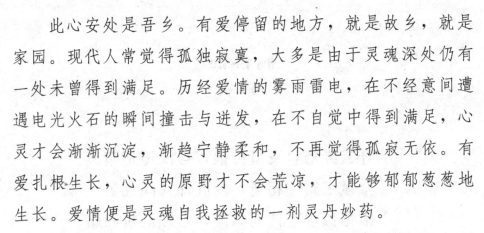

　　此心安处是吾乡。有爱停留的地方，就是故乡，就是家园。现代人常觉得孤独寂寞，大多是由于灵魂深处仍有一处未曾得到满足。历经爱情的雾雨雷电，在不经意间遭遇电光火石的瞬间撞击与迸发，在不自觉中得到满足，心灵才会渐渐沉淀，渐趋宁静柔和，不再觉得孤寂无依。有爱扎根生长，心灵的原野才不会荒凉，才能够郁郁葱葱地生长。爱情便是灵魂自我拯救的一剂灵丹妙药。

　　爱情是静静地想着一个人，在一个个平淡的夜晚。因为想念而点亮一盏桔色的灯，静静等候着一方的疲倦归来；然后递上一杯清香的暖茶，缓缓驱散那满脸的倦容；可以用温柔的手指抚平那眼角的疲惫；用温情的呢喃细语抚慰一颗驿动不安的心灵。然后静静地彼此凝视。那一刻的宁静必将因爱而永恒。让彼此的心有了柔柔的疼痛和幸福的甜蜜。在不经意间，静静地回想逝去的点点滴滴。那曾经年轻的身影，曾经爽朗的笑声洒满一方天空，曾经雨中相拥着漫步，曾经在多少个幽静的月华之夜携手并肩……于静静中一起慢慢的老去。

　　爱与被爱，都是从自己这里开始的。两个人之间，都彼此承担着责任。每个成功男人背后，都有一个伟大的女人。爱情是世间最美丽的奇迹，是可遇不可求的，是偶然的宿命，是一个生命对另一个生命的郑重承诺。承诺与各种形式无关，它是一种期冀，更是一种幸福。

两情若是久长时，又岂在朝朝暮暮
——苏小妹三难秦观

鹊桥仙

秦观

纤云弄巧，飞星传恨，银汉迢迢暗渡。

金风玉露一相逢，便胜却人间无数。

柔情似水，佳期如梦，忍顾鹊桥归路。

两情若是久长时，又岂在朝朝暮暮。

简 析

　　这首《鹊桥仙》是秦观被贬在外地与妻子苏小妹分居，心中郁闷，在月圆之夜写下的。这两句词明写牛郎织女七夕相会，暗喻自己夫妻分隔两地。指出夫妻间只要感情深，见一面就胜过其他。结尾两句是对牛郎织女爱情的评价，是秦观爱情观的表达。这里，借高爽的秋风与纯白的露水来烘托牛郎织女高尚纯洁的爱情，以及他们坚贞的品格。世人认为牛郎织女聚少离多，枉为仙人，还不如人间男女朝夕相守。作者则不这样认为，他觉得牛郎织女既然有坚贞的爱情，在秋风白露的夜晚相逢一次，自然要胜过人间那许多没有爱情而生活在一起的男女。可见作者将爱情推为首位，这在只知道门当户对、光宗耀祖婚姻观念盛行的古时候，可说是让人振聋发聩的另类。在当时那样的时代，这样的爱情观念的表达确实少见。

　　传说宋代大文豪苏轼还有一个妹妹，名字叫苏小妹，她从小习读诗文，精通经理，是个有才识的女子。她长得不胖不瘦，薄薄的丹唇、圆圆的脸蛋，乌溜溜的大眼睛，再配上高高的额头，突出的双颚，一看就是一副慧黠的样子。苏小妹渐渐长大了，十分顽皮。她的婚姻大事日益成为苏氏父子考虑的问题。苏小妹有才，人聪明，又不拘小节，长得不是十分出众，要找到一个十分称心如意的人来做丈夫比较难。当苏小妹十六岁时，上门说媒的人很多，她想自己年纪轻轻，不准备过早结婚，因此对来说亲的人非常厌恶，但又不能贸然失礼。于是她想了一个办法，要求所有求婚者答三道题，答对了，就嫁给他。

　　父亲苏洵与苏轼、苏辙两个儿子均才高八斗，真可谓"一门父子三词客，千秋文章八大家"。在这种家风影响之下，苏小妹从小就爱与两个哥哥比才斗口，一派天真，尤其是大哥苏轼满腮胡须，肚突身肥，穿着宽袍大袖的衣服，不修边幅，不拘小节，更是她斗口的对象。于是整天在家口战不休。一天苏东坡拿妹妹的长相开玩笑，形容妹妹的凸额凹眼是：

　　未出堂前三五步，额头先到画堂前；

　　几回拭泪深难到，留得汪汪两道泉。

女孩子最怕别人说她长相的弱点，苏小妹额头凸出一些，眼窝深一些，就被苏轼抓出来调侃一顿。苏小妹也不示弱，她一端详，发现哥哥额头扁平，了无峥嵘之感，又一幅马脸，长达一尺，两只眼睛距离较远，整个就是五官搭配不合比例，当即喜滋滋地作出一首诗：

天平地阔路三千，遥望双眉云汉间；

去年一滴相思泪，至今流不到腮边。

苏轼一听她讽刺得极相近，就拍着妹妹的头大笑不已。苏家兄妹戏谑起来，可说百无禁忌。

苏轼在一次偶然的机会认识了秦观，即秦少游。秦少游是江苏高邮人，出生在一个家道已中落的地主家庭，田园收入不足以自养。在宋哲宗元丰五年和八年两度入京应试失败。他第三次进京，多亏了苏轼，才得及第并留京五年，提任国史院编修。从此，他和苏东坡的关系介于师友之间，秦少游也就经常出入苏家。青春年少的秦少游慢慢地引起了苏小妹的注意。那天，她在哥哥那里看到了秦少游的诗文，发出由衷的赞叹。苏小妹夸赞一个人，是十分少见的事，苏家父兄便心中有数，于是积极设法来促成这段婚姻。

当秦少游听说苏家准备把苏小妹嫁给他为妻时，他当即应允媒人。但想到别人口中的苏小妹突额凹眼，不知是否是真的。秦少游对未来妻子的容貌着实放心不下。他从来没有看见过苏小妹，由于当时男女授受不亲，订婚之后更是不可能再见，又不好向别人打听，这一块心病可以说越来越深。

机会终于来了。有一天，秦少游得知苏小妹要入庙进香还愿，他计上心来。秦少游梳洗打扮成一个游方道人的模样：头裹青布巾，耳后露两个石碾的假玉环儿，身穿皂布道袍，腰系黄绦，足穿净袜草履，项上挂一串拇指大的珠子，手中托一个金漆钵盂，把自己打扮成"化缘道人"。他早早地到东岳庙前等候。那天，天刚亮，苏小妹轿子就到了庙门前。轿子一到，少游走开一步，让她的轿子先进庙，自己则在庙门前等着。然后，秦少游就上前去说道："小姐有福有寿，愿发慈悲！"

苏小妹在轿子里立即拒绝："道人何德何能，敢求布施。"秦少游要的就是苏小妹的搭腔，立即说道："愿小姐身如药树，百病不生！"苏小妹就是好斗，不甘示弱，跟着说："随道人口吐莲花，分文无舍。"她一边答心里一边想："听这道人的口音便是悦耳动听，年龄一定不大，就不知长得如何，从他化缘的语言看也应该是才思敏捷吧？"苏小妹好奇心一起就忍不住掀开轿帘，她要看个究竟。秦少游要的就是苏小妹露出脸孔，当然不肯放过这千载难逢的时机，他赶紧走上一步，苏小妹突然感觉到这人应该就是秦少游，她香也不愿进了，示意丫环转身就走。秦少游追着说："小娘子一天欢喜，为何撒手宝山？"苏小妹心中气恼，愤愤地答道："疯道人恁地贪痴，那得随身金穴。"边说边一阵风似的起轿回府。秦少游终于见到了苏小妹，觉得她并不算丑，气质尤其高华，清奇逼人，心中大为高兴。

苏小妹与秦观均同意了这门婚事。由于秦少游比不得三苏声名赫赫，婚事就在苏家主办。新婚之夜，新娘子通常都只会在羞涩、喜悦和焦急的等待中等着新郎官。可苏小妹自那天寺庙中遇秦少游以后，回到家中是越想越气，于是她就想在洞房之夜出道难题，考一考秦少游，报一箭之仇。机灵古怪的苏小妹别出心裁，在占尽了"地利"和"人和"的情况下，居然要新郎官解开她出的三个题目才准新郎官进洞房。

当夜月明如昼。秦少游在前厅筵宴完毕后，正想进房，却见新房门紧闭，庭中摆着小小一张桌儿，桌上排列纸墨笔砚，三个封儿，三个盏儿，一个是玉盏，一个是银盏，一个是瓦盏。青衣侍女守立旁边。秦少游道："烦劳你传话给小姐，新郎已到，为何还不开门？"丫环道："奉小姐之命，有三个题目在此，三试俱中，方准进房。这三个纸封儿便是题目在内。"秦少游指着三个盏道："这又是什么意思？"丫环道："那玉盏是盛酒的，那银盏是盛茶的，那瓦盏是盛水的。三试皆中，玉盏内美酒三杯，请进香房。两试中了，一试不中，银盏内清茶解渴，直待来宵再试。一试中了，两试不中，瓦盏内呷口淡水，罚在外厢读书三个月。"秦少游微微冷笑道："别个秀才来应举时，就要告命题容易了，下官一来，别说三个题目，就是三百个，我也不怕呀！"秦少游道："请出第一题。"丫环取出第一个纸封拆开，请新郎自看。

第一道诗谜是：

铜铁投烘冶，缕蚁上粉墙；阴阳无二义，天地我中央。

第一句铜铁投入烘炉中冶炼，就是"化"的意思。第二句缕蚁爬上雪白的粉墙含有"沿"的意思，"沿"与"缘"相通。第三句反过来看阴阳中只有一义，那就是"道"。第四句天地宇宙中间的，就只有"人"了。四句合起来就是"化缘道人"。秦少游略有思考便想通了那天在寺庙中相遇之事，不禁哑然失声。当他想通了那一"诗谜"，提笔就回了一首：

化工何意把春催，缘到名园花自开；道是东风原有主，人人不敢上花台。

诗中每句句首的字合起来就是"化缘道人"，全诗也隐含着道歉的口气，苏小妹看了以后暗暗高兴。一是丈夫才思敏捷，二是他终于向我认错了。

当即又传出第二首诗谜，并声明全诗打四位历史人物，必须一一注明谜底。诗谜是：

强爷胜祖有施为，凿壁偷光夜读书；丝缕缝线常忆母，老翁终日倚门间。

秦少游可说是学富五车，这一首，他轻易就猜出来了。第一句强爷胜祖是孙权，第二句凿壁偷光的是匡衡，第三句由丝缕缝线想到：慈母手中线，游子身上衣；临行密密缝，意恐迟迟归。自然就是"子思"，第四句老翁整天倚门间，自然是望，那就是太公望。秦少游顺利过关，这一场考试，对秦少游来讲好像是行军打仗，每解一题就前进一步。苏家父子和众多的宾客都凝神静气等着最后一道难题。闺房的窗户慢慢打开一道缝，露出苏小妹的纤纤素手，递出一张纸来，转到秦少游手上，只见上面写道：

双手推开窗前月，月明星稀，今夜断然不雨。

苏东坡见状，很替妹夫着急，却又不方便代劳。突然，他灵机一动，拾起一块石头，投进盛满清水的花缸里。秦少游听到"扑通"一声，顿时领悟，立马答出：

一石击破水中天，天高气爽，明朝一定成霜。

"今夜断然不雨"表面是接月明星稀而来，但实际隐含

此情可待成追忆——传说中的爱恨情愁

了"云雨交欢"的意思，还有"雨"与"语"谐音，也就有今夜不和你说话的意思。秦少游以"明朝一定成霜"作答，"霜"与"双"谐音，既然成双就一定云雨。

丫环交了第三个试卷，只听呀的一声，房门大开，内又走出一个侍儿，手捧银壶，将美酒斟于玉盏内，献给新郎，口称："才子请满饮三杯，权当花红赏劳。"苏小妹含笑和羞站在门边，少游此时意气扬扬，连进三盏，拥入香房。自此夫妻和美。佳人才子，酬和之诗很多，称心如意。

后来秦少游被征为翰林学士，与苏家兄弟同官。一时郎舅三人，并居史职，古来少见。秦少游作词善于通过凄迷的景色，婉转的语调表达感伤的情绪，词如其人，秦少游的这种气质也深受苏小妹的喜爱。可惜天妒良缘，婚后只有几年，苏小妹就撒手尘寰。当时秦少游在外做官，政治上失意，被贬在外，听到这一消息，悲痛地写下一首《千秋岁》：

水边沙外，城廓春寒退，花影乱，莺声碎。飘零疏酒盏，离别宽衣带。人不见，碧云暮合空相对。忆昔西池会，鸥鸯同飞盖，携手处，今谁在？日边清梦断，镜里朱颜改。春去也，飞红万点愁如海。

秦少游对苏小妹思念不已，终身没再娶。

爱情就是志同道合，能互相欣赏，能为对方牵肠挂肚。在没有对方的信息里，心情会很难过。距离是真爱的考验，时间会给出最好的答案。为了深爱的人，做出牺牲，守住爱情，否则就谈不上是真正的爱情。当过往的誓言不再，仍会想起自己的真心。爱依然是那么深。爱不是缺了就找，更不是累了就换。生活是两个人精彩地活。

爱情的主体是一起生活。是相互陪伴着承受所有的压力，分享彼此的快乐。爱情是两性之间的相悦，是在与异性交往中感受到的身心愉快，因为异性的存在而感觉美好的心情。婚姻和谐是美满的爱情。那些曾经与异性间的交往，短暂的邂逅，毫无结果的单相思，记忆里那深情一瞥，相对于婚姻而言，真是微不足道了。

爱情是人生中一条不停流淌的河水。这条河中会有激流，会有平缓，会有主航道，也会有暗流。这条河造就了一生中美丽的风景。在共同生活中，你不仅能给对方身体的温度，也能给她生活的方向。当热情褪去，仍然会拥抱在一起。

莫道不销魂，帘卷西风，人比黄花瘦
——李清照与赵明诚伉俪深情

醉花荫

李清照

薄雾浓云愁永昼，瑞脑消金兽。

佳节又重阳，玉枕纱橱，半夜凉初透。

东篱把酒黄昏后，有暗香盈袖。

莫道不消魂，帘卷西风，人比黄花瘦。

这首词是作者早年与丈夫赵明诚分别之后所写，它通过悲秋伤别来抒写自己的寂寞与相思情怀。

上片写秋凉情景。"薄雾浓云"不仅布满整个天宇，更罩满在词人心头。"瑞脑消金兽"，写出了时间的漫长无聊，同时又烘托出环境的凄寂。次三句从夜间着笔，先点明节令是"佳节又重阳"。随之，又从"玉枕纱橱"这样一些具有特征性的事物，于词人特殊的感受中写出了透入肌肤的秋寒，暗示词人的心境。而贯穿"永昼"与"一夜"的则是"愁"、"凉"二字。深秋的气候、物态、人情，已清晰在目。这是构成下片"人比黄花瘦"的原因。

下片写重阳感怀。首二句写重九赏菊饮酒。古人在旧历九月九日这天，有赏菊饮酒的风习。所以重九这天，词人照样要"东篱把酒"，直饮到"黄昏后"。菊花的幽香盛满了衣袖。这两句写的是佳节依旧，赏菊依旧，但人的情形却有不同："莫道不消魂，帘卷西风，人比黄花瘦。"上下对比，大有物是人非，今非昔比之感。

早年，李清照曾拥有过甜蜜的爱情，过着美满的家庭生活。作为闺阁中的女子，由于遭受封建社会的种种束缚，她们的活动范围有限，生活阅历也受到重重约束。即使如李清照这样的上层知识妇女，也不例外。因此，相对说来，他们对爱情的要求就比一般男子要求更高些，体验也更细腻一些。所以，当作者与丈夫分别之后，面对单调的生活，便禁不住要借惜春悲秋来抒写自己的离愁别恨了。这首词，

最美的诗词故事大全集

就是这种心情的反映。从字面上看，作者并未直接抒写独居的痛苦与相思之情，但这种感情在词里却无所不在。

李清照是山东济南人，是宋代著名女词人。她父亲李格非也是个文学家，在宋徽宗时期做过官。李清照从小受父亲的熏陶，十分爱好文学，喜欢吟诗作画，特别是作词方面，有很高的成就。父亲李格非进士出身，在朝为官，地位并不算低，是学者兼文学家，又是苏东坡的学生。可以说，她出生在官宦人家。母亲也是名门闺秀，善文学。这样的出身，在当时对一个女子来说是很可贵的。官宦门第及政治活动的濡染，使她视界开阔，气质高贵。而文学艺术的熏陶，又让她能更深切细微地感知生活，体验美感。参考她诗词所流露的神韵，她应该天生是一个美人坯子。李清照几乎一懂事，就开始接受中国传统文化的审美训练。同时，她一边创作，一边评判他人，研究文艺理论。她不但会享受美，还能驾驭美，一下子就跃上一个很高的起点，而这时她还是一个待字闺中的少女。

李清照少女时，词名就已轰动京师，太学生赵明诚也很仰慕她。一天，赵明诚做了一个梦，在梦中朗诵一首诗，醒来只记得三句话："言与司合，安上已脱，芝芙草拔。"他百思不得其解，就向父亲求教。他的父亲听了哈哈大笑："吾儿要得一能文词妇也。"赵明诚感到很疑惑。他父亲解释说："'言与司合'，是'词'字，安上已脱，是'女'字，'芝芙草拔'是'之夫'二字。合起来就是'词女之夫'。"虽然这只是一个传说，却表明李清照在当时的名气是很大的，也表示出赵家父子对这位女词人的倾慕之情。

天公作美，经人介绍。李清照十八岁那年，与赵明诚结婚了。夫妻俩志同道合，除都能诗善文外，还有一个共同的爱好，就是收藏金石（古代铜器和石碑上镌刻的文字书画）。一个是天真无邪的少女，面如花玉，秀发香腮，春心萌动，情窦初开，难以按捺。一个是翩翩少年，一表人才。赵明诚博学多才，喜爱金石书画，与李清照意趣相投，感情深厚。封建社会是男权社会，女人被置于附庸从属的地位，出嫁以后一生只能面对丈夫这一位异性，如果没有丈夫的爱和赏识，那么对一位女人的自信和生活兴致都将是致命的打击。李清照是个崇尚自然心灵自由的女人，也是一个至纯至真的追求完美的文人，如果没有赵明诚的包容和赏识，历史上就会少了一位绝代风华的翩翩才女。上天给了她一个赵明诚，赵明诚给了她空间，赵明诚是她的丈夫，也是朋友，更是一世难求的人间知己。

那时候，赵明诚还在京城太学里读书。赵、李两家虽然都担任不小的官职，但不是豪富人家，没有多余的钱让他们购买文物。这并不影响他们对金石的追求。每逢初一月半，赵明诚请假回家，就拿了些衣服到当铺里去押半吊钱，到大相国寺去。大相国寺是东京最大的佛寺，那里经常举行庙会，在庙会上，摆满着各种商品，也有出卖书籍、古玩和碑帖字画的。赵明诚在那里，看到中意的碑文字画，就买下来。回到家里，和李清照一起细细整理、欣赏。夫妻俩把这件事当作他们生活上的最大乐趣。

李清照与赵明诚的相知相爱，已到了心有灵犀一点通的境界。李清照前期的词中，也常提及一个"愁"字，这种愁，大多是倾吐与赵的离别，只要与赵明诚相伴一起，她的愁就全到了九霄云外。李清照的爱情观可谓至真至醇，她从不把丈夫的官位放在心上，心里所企盼的是诗情画意，是两情相悦。

过了两年，赵明诚当了官，他把所得的官俸几乎全花在购买金石图书上，他的父亲有一些亲戚朋友在国家的藏书阁里工作，那里有许多外面没有流传的古书刻本，赵明诚通过这些亲友，千方百计把它们借来摹写。这样日积月累，他们家收藏的金石书画越来越多。李清照建立了书库大橱，编好目录，发现有一点污损，一定随时整理好。

他们幸福美满的生活没能维持多久，赵明诚的父亲赵挺和李清照的父亲李格非因得罪权臣蔡京而被罢官。不久，赵挺便死于政治斗争中，赵家开始败落，赵明诚和李清照只得离开汴京，回到赵家的故乡青州。过上了十年乡居生活。他们将书房称作"归来堂"，把内室命名为"易安室"。赵明诚致力于搜集金石书画，李清照协助他整理勘校，他们孜孜不倦，夜以继日地工作，常以"尽一烛为率"。十年之间，所收金石书画、文物古籍，竟达十多间屋子。其中包括北宋书法家蔡襄所写的《进谢御赐诗卷》、南唐徐铉所写的《小篆千字文》真迹。除治金石之学外，夫妇二人在归来堂上饮茶逗趣，相从赋诗。时常于饭后，他们一边在归来堂上烹茶小憩，一边玩一种游戏，规则是一人说一史事，另一人要说出此事在某书某卷第几页第几行，说对者就先饮茶，充满了文人雅兴。

赵明诚性情淡泊，屏居乡里后，更加潜心于金石书画的搜求研究，家中原有的一点积蓄，除了衣食所需之外，几乎全用于搜求书画古器。前几年赵明诚刚出仕时，就对李清照说过："宁愿饭蔬衣简，亦当穷遐方绝域，尽天下古

此情可待成追忆——传说中的爱恨情愁

文奇字。"李清照深深理解丈夫的志趣,把他这种爱好,比作杜预的"左传"癖和王维的"书画"癖。李清照千方百计节衣缩食,自己以荆钗布裙,代替了明珠翠羽。尽管生活过得很清苦,但是他们夫妇每得一罕见之物便共同校勘、鉴赏,其乐融融。后来金兵攻下青州,李清照留在老家的十几间文物,竟被战火烧成一堆灰烬。

然而,靖康之变,击碎了她的幸福与爱情。在国家动荡的年代,要埋头整理文物已经不可能了。东京被金兵攻陷的时候,李清照和赵明诚在山东。不久,风声越来越紧,李清照跟着赵明诚到了建康。他们把最名贵的金石图书,随身带走了十五车。到了建康以后,赵明诚接到诏令,被派到湖州当知府。那时候,兵荒马乱,李清照不可能跟他上任。临走时候,李清照问丈夫说:"万一金人再打过来,我该怎么办?"

赵明诚坚定地说:"看着办吧。实在不行,你把家具衣被先放弃了;再不行,把书画古器丢了;但是有几件珍贵的古代礼器,你可一定得亲自保护好,要看作自己生命一样。"

想不到赵明诚这一去,就得了一场疟疾死去了。那时,他们结婚 29 年。赵明诚死于建康太守任上。赵明诚的死给李清照极大的打击,特别是南渡以后国破家亡,满目惨淡使得她更感凄楚悲凉。于是,李清照带着丈夫残存的书画、金石、碑帖等物流徙于各地,最后才落脚于杭州。经过数年的努力,李清照将丈夫赵明诚研究金石的遗稿认真校正誊录,并作了一些增补,经过将近二十年的努力,完成了一部记载古代历史文物的著作,叫《金石录》。

李清照满载着闺中少女所能得到的一切幸福，步入爱河时，她的美好人生又更上一层楼，为后人留下了一部爱情经典。她的爱情不是那种经历千难万阻，要死要活之后才享受到的甜蜜，而是一开始就跌在蜜罐里，就站在山顶上，就住进了水晶宫。赵明诚是一位翩翩少年，两人又是文学知己，情投意合。两家门当户对。更难得的是他们二人除一般文人诗词琴棋的雅兴外，还有更相投的事业结合点——金石研究。在不准自由恋爱，要靠媒妁之言、父母之意的封建时代，他俩能有这样的爱情结局，真是天赐良缘，百里挑一了。李清照为后人留下了爱情的甜美。

爱情有时是甜蜜的，是投入的，是开心的。当你找到真爱的时候，其中的甜蜜，会让你喜在心头，心里好像开了花儿一样。人生当中可以没有金钱，没有地位，但是，却不能没有爱情。爱情是那么美好。当拥有真爱的时候，仿佛已拥有了全世界。爱情没有高低贵贱的分别，它是人生永远的主题！

爱情也许容易受伤，伤过以后，会品尝到甜蜜的滋味。才能体会什么是爱情。爱情可以让你笑，也可以让你哭。爱情是甜蜜的。是美好的，是完美的，是在享受人生。笑过以后，哭过以后，就会明白什么是爱情。有人说爱情是甜蜜的，要用心去体会。爱情是醇酿的酒。它晶莹剔透，让人心仪。它味香色醇，光彩照人，让人心动。它是真实的辣辣的、苦苦的、又是那么甘甜。喝过酒才知醇厚，醉过酒才知浓烈。有的酒外表华丽，更能诱人，入口香甜，喝过后回味无穷。有的酒外表朴实，更能醉人，入口辣苦，回味起来却甜，久久不难忘记。年岁越短，酒越香；年岁越长，酒越甘。好酒需要用心慢慢地品尝，爱情需要点滴地去关爱，去呵护，去培植。爱得越深，情越长，人越清爽。

人生自是有情痴，此恨不关风与月
——风尘艳艳董小宛

玉楼春

欧阳修

樽前拟把归期说，未语春容先惨咽。
人生自是有情痴，此恨不关风与月。
离歌且莫翻新阕，一曲能教肠寸结。
直须看尽洛城花，始共春风容易别。

简　析

整首词写朋友离别，一个依依不舍，一个殷殷相留。

开端两句，是对眼前情事的直接叙写，"樽前"，应该是多么欢乐的景象，"春容"又是多么美丽的人物，而在"樽前"所要述说的却是指向离别的"归期"，所以"樽前"的欢乐与"春容"的美丽，变成伤心的"惨咽"了。对于离别的"归期"，有不忍心念及与不忍心道出的婉转深情。表现出作者对美好事物的欣赏，和对人世无常的慨叹情绪。

最美的诗词故事大全集

下面二句"人生自是有情痴，此恨不关风与月"，是对眼前情事的一种反省和思考，把对于眼前情事的感受，推广到了对于整个人世的认知。虽是理念上的思索和反省，但事实上却是透过了理念才更见出深情的难解。这种情痴又与首句所写的"樽前""欲语"等使人悲惨呜咽之离情暗相呼应。足以反衬后句"肠寸结"的哀痛伤心。

末二句写出了"直须看尽洛城花，始共春风容易别"的遣玩的高兴。这二句不仅要把"洛城花"完全"看尽"，表现了一种遣玩的意兴，而且他所用的"直须"和"始共"等口吻也极为豪宕有力。然而"洛城花"却毕竟有"尽"，"春风"也毕竟要"别"，所以又隐含了沉重的悲慨、蕴含有很深重的离别的哀伤与春归的惆怅。

明末清初有一幅《彩蝶图》，上有金陵女画家董小宛的题词，并有二方图章印记，还有近人评价很高的题诗。董氏的画传世极少，该图是一幅难得见到的佳作。董小宛她画这幅画时只有15岁。

董小宛，名白。她的名字是因为仰慕诗人李白而起的。她出身在苏州，家庭以经营刺绣为生计。董白十三岁那年，不幸父亲暴病身亡。又过了两年，时值明末，天下大乱，苏州亦不能幸免，董白的母亲打算收拾家什离开苏州逃难，却发现家中并没有什么银两可带的。她气急攻心，病倒在床，生活的重担一下子落到了十五岁的董白身上。为生活所迫，她情急之下，在南京秦淮河畔的画舫中以卖艺为生，改名小宛，以此来维持生计，赚些银两给母亲医病。董小宛不仅姿色艳丽，而且才艺双全，很快成了秦淮名妓，时称秦淮乐籍中的奇女。她自幼爱读屈原的《离骚》，杜少陵、李义山的诗，王珪宫的词。她才思敏捷，通诗达词，并编有记载古代才女事迹的《奁艳》一书。她精通琴艺又懂作画，擅长昆曲，并善于食经茶道。

在董小宛从艺的过程中，因为她的性格孤傲，遭到世俗小人的轻视。她极富才气，在秦淮河畔出名之后，得到了文人雅客的赏识。董小宛始终卖艺不卖身。一次偶然的机会，她结识了当时"四公子"之一的冒辟疆。冒辟疆，单字襄。他与董小宛一见倾心。二人结识 3 年之后，董小宛仰慕冒辟疆的品性谈吐，于是以身相许，因为冒辟疆已经有了妻室，所以董小宛只能作他的小妾。董小宛并没有因为这种地位而悲伤，她比丫环更周到地侍候着长辈。她不仅以知书达理、精通琴棋书画而闻名于乡里，而且对丈夫更是关照得无微不至。董小宛温文贤惠、端庄懂礼的行为，不显露、不乖张、不锋芒、不偏颇的个性，心胸广博、才华横溢、口风严谨、审时度势的作风，可以说集天下女子的美德于一身。她自然是出得了厅堂、入得了厨房。她烧得一手好菜，传说现在人们常吃的虎皮肉，即走油肉，就是董小宛的发明。现在扬州名点：灌香董糖、卷酥董糖，即为她所创。在处理家事上，她上孝顺公婆下哺育幼子。深得董家上上下下的喜爱。

在过了数年安乐日子后，战乱再起，李自成攻占北京，清兵南下，各地战火烽起，举家辗转逃难。冒家上下老小离乡避难，家产也尽流失。逃难中小宛智谋胆识过人，她要么在前开路，要么在后卫护。意在"宁使兵得我则释君"，可见她对冒襄的生死之爱。古往今来说得出"宁使兵得我则释君"的女子能有几个人呢？

战乱过后，日子已过得十分艰难。俗话说得好，祸不单行，此时的冒辟疆却病倒了。小宛时刻不离身、无微不至地照顾大病中的丈夫，那是一段相依为命的艰难岁月，每个夜晚，冒辟疆都会被腰部的疼痛弄醒，董小宛总是温柔地陪伴在他的身边。他没有料到一躺就漫长得没有尽头，谁也不曾料到。董小宛安慰他说："公子放心，我不信你这么大个活人会站不起来。"董小宛尽到了妻子的责任。她为他擦汗，为他清除屎尿，给他喂药。有时冒辟疆想写诗，他口授，她就在一旁抄写。她为他唱大段大段的杂曲。他常常依在她的怀抱进入梦乡。月圆之夜，董小宛会倚在门框。她始终明白一个道理："爱，就是相依为命，而不是其他。"冒辟疆几度生重病，全赖小宛精心护理得生。董小宛时常对病中的冒辟疆说："人生身当此境，奇惨异险，鲜不销亡，异日幸生还，当与君敝屣所有，逍遥物外，慎勿忘此际此语。"这一动中求静、静中求安和看破红尘的"无为"之语，对冒辟疆的影响很大，也是冒辟疆从未出仕于清朝的一个重要原因。

自古红颜多薄命。在冒辟疆病逾后，小宛却已骨瘦如柴，仿佛也曾大病了一场。在那种饥贫交加，食不果腹的生活环境下，使得小宛体质已极度亏虚，顺治八年正月，年仅 27 岁的董小宛因肺病复发不治而逝。在冒家做了九年贤姜良妇，终于闭上了疲惫的眼睛。在冒家的一片哀哭声中，她走得是那样安详。

冒辟疆为了追悼小宛，写下了记叙董小宛生平、可歌可泣、可感可叹的《影梅庵忆语》一书，将董小宛挚热的感情、坚强的意志、高尚的节操和非凡的才华，描绘得深切动人。

爱，也许一个人一生只能遇到一次，也许一个人的一生只能够爱上一个人。爱情就是这样惟一，也便成就了永远。爱过的或被爱所伤的，心就封闭了，只留下伤口永远地痛。

为了保护自己，时刻防止再一次涉猎爱情。就是因为爱情的惟一性，所以说人是可悲的。

你最后只能感叹，因已经中了惟一一次爱情的真正毒咒，它不容你再次接受任何人，也时刻躲避即将到来的伤害。四处躲避，可怜地鸣叫。最悲惨的还会拖上一生的负累，承担失去的爱情带来的一生遗憾。爱情不能失掉信仰，感情不可失去忠贞。真心爱过之后的人，全心努力地把握过，该付出的付出了，试图给对方一切，试图为所爱而死，对方却回报无动于衷。只要真心地爱过一次，爱情是什么，已经显得无所谓了！

爱情可以说是双方的上半部分在相爱，包括气质、激情、能力以及彼此刻意展现出来的一切美好；婚姻则是双方的下半部分，包括家庭、日常琐屑、人生烦恼以及两人无意却真实暴露出来的一切丑陋。夫妇间是爱人，爱情高于友情，爱人可以称之为朋友。通常情况下，夫妇在相爱方面胜出情人，在彼此理解方面高出友人。夫妇双方的和谐关系表现为，他们既是情人又是朋友。

人面不知何处去，桃花依旧笑春风
——忠贞刚烈的李香君

题都城南庄

崔护

去年今日此门中，人面桃花相映红。

人面不知何处去，桃花依旧笑春风。

简 析

作者年轻时去考进士，结果没有考上。后来，寄居在都城长安。他曾经在清明时节独自去郊外踏青，在城南一家院落中见到过一位美丽的姑娘。他向这位姑娘讨口水喝，这位姑娘送给他水后，独自倚靠在小桃树旁，含情脉脉地望着他，并将他送出了门。第二年的清明，他重来此地，春风吹拂着桃花，依然开得那么灿烂，好像人在欢笑一般。风景依然，但双门却紧闭，他再也没见到那位施水给他的姑娘。于是，他很惆怅地作了这首诗，写在门上。

"曾恨红笺衔燕子，偏怜素扇染桃花。"只是一把普通的折扇，却因为沾染了一位烈性女子的鲜血而千古风流，扇上一株的桃花在风雨中绽放经年，并且直到如今，它仍在不绝于耳地轻声诉说着什么，那一株经鲜血勾出的妖冶

· 139 ·

旖旎的桃花，有着怎样动人心魄的惨烈故事呢？而精致绝美的小笺背后，隐约的是一个终生为情所伤的女子，一位在满地落红之中卓然而立的女子，和她那满目苍凉的凄美决绝的爱情之歌。

李香君是明末清初秦淮一带的名妓，她身边时常会带上一把扇子，扇面是洁白的素绢，上面画着一幅色彩鲜红的一株桃花，人们都称它为"桃花扇"。扇上的桃花图并不是出自名家之手，而李香君却视为至宝。原来，这株桃花，并不是染料画成的，它是李香君的鲜血溅在扇面上画成的，凝结着她与她的情郎侯方域缠绵哀怨的爱情故事，也寄托着她一生全部的希望。

李香君是媚香楼的红人。秦淮河畔的媚香楼，建得精巧别致，临水而立，站在楼上凭栏而望，烟水澄碧、画舫如织的秦淮河尽收眼底。这座楼是秦淮河边的一李姓红妓女，年长后用自己的积蓄建起的。她收养了几个干女儿，以诗酒歌舞待客，在南京城里很有名气。李香君从小饱读诗书，擅长琴画歌舞，经楼主人李大娘调教得样样精通，性情上也有几分李大娘的豪爽侠气，很是惹人喜爱。李香君身材娇小玲珑，眼睛俏丽生辉，嘴唇微微上翘，显出几分俏皮，看起来就是一副可人儿的模样。因为她娇小可爱，名字里又带个香字，所以客人们都戏称她是"香扇坠"。媚香楼里的姑娘多是卖笑卖艺而不卖身，李香君便是这类典型。因为李大娘仗义豪爽又知风雅，所以媚香楼的客人多半是些文人雅士和正直忠耿之臣。李香君在这种影响下，年纪虽小却善于辨识好坏忠奸。她不但色艺超群，而且个性爱憎极为分明，她结交的都是正直、品学兼优的名士文人。她从不轻易和别人往来，与她交往的人必须在思想上、兴趣上有共鸣的才行，才能够被她认定为知己。如果不是这样，她宁可孤身独处，也绝不混迹于热闹风月场中。也正因此，李香君平时除了与楼主人李大娘、教歌师父苏昆生经常在一起之外，与她来往的人多数都是一些名士。

侯方域，字朝宗，祖籍河南，祖父及父亲均是刚直不阿的忠臣。侯方域是经过杨龙友的介绍和李香君相识的。他是官僚世家子弟，文才出众、名满天下。又和复社的文人来往密切，李香君不但长相美艳，而且聪慧过人，知书识礼，精通棋琴书画。李香君第一次见到侯方域时，只有十五岁，当时她就觉得侯方域是可以托付终身的人。所以，李香君对他非常倾心、爱慕。侯方域对李香君早有耳闻，他觉得她不但容貌艳丽、才艺非凡，而且品德高洁。于是，他们互生情谊，暗自接受。两人一个是风流倜傥的翩翩少年，一个是娇柔多情、兰心蕙质的青楼玉女，几次交往以后，便双双坠入了爱河，缠绵难分。他们经常一起吟诗作对、琴瑟合鸣，情话绵绵。

南京当时的政治气候，复社文人的正义力量在知识分子中占着主导地位。阮大铖是一个戏曲作家，他曾经依附过魏忠贤，甘愿做魏忠贤干儿子，遭崇祯帝贬官避居在南京，所以当时文人都很看不起他。他见复社文人的力量很大，就千方百计地想结交这些人，以便在政治上得到一个出头露面的机会。他听说侯方域和复社领袖关系非常密切，就想巴结侯方域，却苦于没有机会。这时，侯方域和李香君要结婚的消息传到了他的耳朵里，他想真是老天在帮他。于是，他拿出二百两银子，请他的朋友杨龙友帮他给李香君买衣服、首饰、家具、作为妆奁，送给侯方域。

李香君和侯方域定情之时，因侯方域是客居南京，没有礼物送给李香君，于是，侯方域当着众人的面，在一把白绢团扇上题了一首诗：夹道朱楼一经斜，王孙初御富平车。青溪尽是辛夷树，不及东风桃李花。将诗与扇一起作为信物送给了李香君。李香君接受了侯方域的绢扇，把它当成比生命还要珍贵的纪念品，保存起来。

这一天，杨龙友赶来庆贺二人的新婚之喜。李香君和侯方域看到他带来的物品就说太贵重了，不能接受。杨龙友回答说是阮大铖的一点心意。听到这个小人的名字，二人都有为难的神色。李香君看了一眼礼品，说道："麻烦您拿回去吧，他送来的全部妆奁我是一点都不会接受的。我宁可穷死，也不接受这个奴才的礼物。"侯方域见李香君这样表态，忙对杨龙友说："像香君这样刚烈正直女子，我真是少见。她不但是我的恋人，而且是我的良师益友。杨兄，请你不要怪我们。我所以能在学界朋友中有点名气，因为我平生讲名节、离奸邪。如果我现在接受了阮某人的礼物，等于丧失了自己的名节，好坏不分。必定为同仁所耻笑。香君是位女子尚且如此，我更没有任何可犹豫的。所以，请你将这些都物归原主吧。"

杨龙友听到二人这样说，也没有别的办法，只有按着侯、李二人意思，把东西如数退给阮大铖。阮大铖遭拒后，非常恼怒，他对此事一直耿耿于怀，发誓要找机会报复他们。

后来，阮大铖经过苦心钻营，终于得势了。他找了一个机会，诬蔑侯方域私通反贼。杨龙友知情以后，就给侯方域报了信，让他立刻离开南京，躲避危机。临行前李香君在竹叶渡为侯方域设酒饯行。李香君再三叮嘱他：“希望你今后能够自爱，在这乱世之中，分清是非，坚持名节，洁身自好，不要走上歧途。你的才华品行在当今社会确是屈指可数的名士，虽然现在失意，前途仍是不可估量的，望你前途珍重。”

李香君自送走侯方域以后，就深居在媚香楼上，再也不下楼接待客人。李大娘也同情李香君与侯方域的情分，并不强迫李香君做她不愿做的事情。阮大铖对当日李香君退奁之事一直没有放下，他虽然逼走了侯方域，却不愿放过李香君。当他得知李香君为侯方域不肯下楼之事以后，故意让人把李香君介绍给大官田仰。李香君得知有人向她提媒，便说：“我已经嫁给侯郎，怎么能半途改志呢？当初我嫁给侯郎，各位也曾经参加过婚礼，见证了侯郎曾经在白绢扇上写过定情诗做信物之事，这扇就像一根红丝，把我和侯郎拴在一起，永不分离，它是万两黄金所买不到的。秦淮河畔有许多美丽的女子，可以去做这个官太太，我却自认是没福命薄之人，万万享受不了这样的福分，请你们到别人的家再找合适的人吧！”

来人见说不动李香君，就回去报告阮大铖去了。阮大铖又找人来威胁她：“如果这次不嫁人，要被官家拿去学戏，一辈子在官戏班里见不着男人，想嫁人也嫁不了，到那时不更痛苦吗？”

李香君坚定地回答：“我愿终身为侯郎守寡，也不愿再嫁人。”

见李香君这种态度，说媒之人气愤地说：“明天礼部派官把你拿去用刑，定要逼你出嫁，到时看你嫁不嫁？"

李香君斩钉截铁地说："我宁可死，也决不改嫁。"

这件事没过几天，有一个大官马士英在家中请客，饮酒赏梅，其中也包括阮大铖在内。酒足饭饱之后，想找歌姬唱曲。阮大铖记挂着算计李香君，于是，向马士英推荐李香君如何美貌，如何色艺超群。马士英一听，就立刻派人去请李香君来献唱。阮大铖故意说道："前些天田仰大人想买她去做妾，她都不肯啊。"

马士英感兴趣地问："为什么不肯呢？"

有人答："这个傻丫头，要为侯方域守节，坚决不从，曾有人两次去说，她就是不肯下楼，真没办法。"

马士英听了很生气地说："有这样不识抬举的奴才，看来她是不知道相府衙役的威风。可笑，一个娼妓竟如此高傲自大，真是不知天高地厚，自取灭亡。"

阮大铖也添油加醋地说："这都是侯方域那小子惯的，他以前也侮辱过我。"

马士英听了，更恼怒地说："不得了，不得了，身为朝廷官员买不来一个妓女，这不是笑话！"

阮大铖说："应该想法治一治她。"

于是，杨龙友被派前往。他对李香君说："马士英知你拒嫁田仰，动了大怒，差一班恶仆登门强娶，我特地来告诉你。依我看你嫁个漕抚，也不算委屈，你想你一个弱女子能有多大能耐，能抗住这当官的势力。"

李香君这时看着杨龙友说："你说的是什么话！当日杨老爷做媒，把我嫁给侯郎，满堂宾客，谁没看见。现在定情之物还在我这里。"说着从桌上拿起白绢扇，并说："这首定情诗，杨老爷是看过的，难道你都忘了吗?"

杨龙友说:"那侯郎避祸逃走，现在不知在哪。难道说他三年不回，你等他三年?"

李香君说:"别说三年，就是三十年、百年，我也要等他到底，决不改嫁。"

杨龙友一时为难，不知该如何复差。李香君道:"我也不会连累杨老爷的。"

她话音刚落，一头撞在楼柱上。众人赶紧上前扶起李香君鲜血淋漓的头。

杨龙友呆呆地望着溅落地板上的血迹，他看到了那把散开的香扇。他深知这把素扇记载着侯方域与李香君的爱情。此时，在侯方域诗的墨迹落款的左侧，醒目地溅着一滴殷红。那是李香君的鲜血! 杨龙友不由捧起那把香扇，看着那滴尚未全干的血，一时心潮难平。忽然，杨龙友灵感突至，疾步趋向桌边，抓起笔，几笔点染，这位丹青高手勾出一支猩红的傲骨桃花。等到墨迹血迹稍干了，杨龙友捧着桃花扇，走到李香君的房内。此时李香君正躺在床上，头上包着素帕。杨龙友进来，香君一见他手中捧着那把香扇。便说:"杨老爷如今可以交差了，香君容颜已毁，他们也未必拿我怎样。请把扇子递给我。"

香君看到了扇面上的新鲜桃花，眼睛一亮。 "啊，桃花!"

"姑娘，这支桃花是在下的心意。将来朝宗兄归来，也定能理解。"杨龙友此时的语气极为诚恳，"在下一生落魄，然胸中报国之志未失。姑娘的为人气节，更令在下胸中难平。姑娘保重，但愿后会有期之时，在下再不是今日这般

此情可待成追忆——传说中的爱恨情愁

模样!"听得出来,杨龙友的话语中,有一些悲壮的味道。

不久,南京城被清军攻破,香君随同逃难的人群,到了南京栖霞山,削发为尼,暂避凶险。同时,由于监狱无人看管,侯方域也跑了出来,在栖霞山一带隐藏。转眼到了七月十五日,香君所在的栖霞山白云庵要设经坛追祭崇祯皇帝,附近各庵道众、乡民纷纷前来焚香祭奠。侯方域也跟着别人去白云庵随喜。他正在心不在焉地听坛上法师讲道,忽然看见人丛中一个女子衣妆素淡,体态清丽,引人注目,再定睛细看,自忖道:"那女子好像香君啊。"香君这时也注意到他,禁不住高声问道:"莫不是侯郎?"侯生听了,两眼泪下,问道:"你莫不是香君?"二人情不自禁,不顾道场肃静,也不顾众目睽睽,费力扒开拥挤的人群,向心上人扑去,两人紧紧抱住,哭诉离情,不肯放手。他们出了庵门,抱头大哭,诉说离情别绪和无限的思念。这对情人,在患难浩劫后重新见面,当然喜出望外。稍后,香君取出被鲜血所染而作桃花的那把情扇,侯方域早已听说其中缘由,一见此扇及桃花,更为香君的真情所感动。

从此,二人过着艰苦的却是生死与共的生活。据说他们都活到了八十多岁。李香君这样一位出身卑贱而又志气高昂的弱女子,生活在那样一个动荡的时候,其命运注定是多灾多难的,而她的侠骨柔肠却在后世广为流传。

什么是真正的爱?能够生死与共的人,他们的爱是一种不离不弃的感情,无论面前是顺境或是逆境,双方都会互相支持、共同面对。据说,在芸芸众生之中,两个人相遇的可能性是千分之一,成为朋友的可能性大约是两亿分之一，而成为终身伴侣的可能性却只有五十亿分之一。可见，一个人能和另一个人结为伴侣，是多么的不易！百年修得同船渡，千年修得共枕眠。既然遇上了缘分，就当好好珍惜。

多数女人把好好地爱一个男人作为一生最大的事业来完成。也许是因为值得好好爱的男人比较难找，而一份值得好好做的事业则相对容易吧？无论如何，爱情是人类的经典。真爱是发自内心的，当你时时刻刻有那份真挚的感觉，你自然会知道应该如何与你的伴侣一起携手去走完相识以后的路。心要和爱一起走，决定了就不回头。是的，真爱无需回头。如果真心爱一个人就义无反顾，没有必要回头。

爱是一声声温暖的祝福，一次次紧紧的握手，一回回相互凝望。爱更是困难之时的关心、理解、鼓励。爱的力量是神奇的，哪怕你做的事情是那么轻而易举，也必然给对方以莫大的力量。爱好像一位善解人意的朋友，它如影随形，随时等待着照顾你。有爱就会有痛，爱情的痛苦如烙印一般，挥之不去，而真情却历久弥新。

第二章　万恨难平空自悲

　　爱如烟花，转瞬即逝。爱情可能会衍变成一种折磨，或者爱情只能成为一场独角戏。两个人的爱情如美酒一杯，会令人陶醉欲仙。爱情的独角戏会让人肝肠寸断。与其一个人跳舞，不如与所爱一起醉倒。

山无陵，天地合，乃敢与君绝
——忠贞不渝的化蝶情

原诗

　　上邪！我欲与君相知，长命无绝衰。

　　山无陵，江水为竭，冬雷震震，夏雨雪，天地合，乃敢与君绝！

简 析

本诗中指天为誓，表示爱情的坚固和永久。上：指天。上邪：是说"天啊"。这句是指天发誓。相知：相亲。命：令，使。从"长命"句以下是说不但要"与君相知"，还要使这种相知永远不绝不衰。除非高山变平地、江水流干、夏雪、冬雷、天地合并，一切不可能发生的事都发生了，我才会和你断绝。

这是汉乐府《饶歌》中的一首情诗。是一位痴情女子对爱人的热烈表白，在艺术上独具匠心。诗的主人公在呼天为誓，直率地表示了"与君相知，长命无绝衰"的愿望之后，转而从"与君绝"的角度落笔，这比平铺更有情味。

主人公设想了三组奇特的自然变异，作为"与君绝"的条件："山无陵，江水为竭"——山河消失了；"冬雷震震，夏雨雪"——四季颠倒了；"天地合"——再度回到混沌世界。这些设想一件比一件荒谬，一件比一件离奇，根本不可能发生。这就把主人公生死不渝的爱情强调得无以复加，以至于把"与君绝"的可能 从根本上排除了。这种独特的抒情方式准确地表达了热恋中人特有的心理。

梁山伯与祝英台的爱情故事世代相传，让人回味。

从前有个祝员外，有个女儿名字叫祝英台，她不仅美丽大方，而且非常聪明好学。古时候女子不能进学堂读书，祝英台只好天天靠在家里的窗栏上，看着大街上背着书箱来往的读书人，心里羡慕极了！她想，难道女子就只有在家里绣花的命运吗？为什么我不能去上学？她一再地反问自己：我为什么就不能上学呢？

想到这儿，祝英台赶紧回到房间，鼓起勇气向父母要求：“爹，娘，我要到杭州去读书。我可以穿男人的衣服，扮成男人的样子，一定不让别人认出来，你们就答应我吧！”祝员外夫妇开始被她的想法吓了一跳，根本不同意。英台却又撒娇又哀求，弄得夫妇俩只好答应了。祝员外嘱咐女儿说：“英台，你乔扮男子，可不要露出破绽。三年学满，务必回来。倘若家中有急事，你见到家书，也要火速归来。”英台连连答应说：“遵命。”

第二天一早，天刚蒙蒙亮，祝英台就和丫环扮成男装，拜别了父母亲，带着书箱，兴高采烈地前往杭州。走到草桥亭，二人均感到疲惫，决定休息一下。这时，走来一位书生，看起来也像去往杭州读书的。他上前向祝英台拱手一揖道：“仁兄请了，小弟有礼。”英台赶紧还礼。双方各自作了介绍。原来男子叫梁山伯，正好也去杭州读书。两人就此展开话题，越聊越投机，最后决定结拜为兄弟，山伯年长为兄，英台小他一岁为弟。

同行到了学堂，一起学习的日子久了，交往也深了，祝英台倾慕梁山伯学问出众，人品也十分优秀。她想：这么好的人，要是能天天在一起，一定会学到很多东西，也一定很开心。梁山伯也觉得与这位“义弟”很投缘，有一种一见如故的感觉。于是，他们常常在一起谈诗论文，相互关心体贴，促膝并肩，情投意合。两人几乎时刻形影不离。

春去秋来，一晃三年过去了，三年的同窗生活，梁祝二人情深意笃，祝英台对梁山伯产生了爱意。梁山伯还要继续去余杭游学，而祝员外不许英台前往。学年期满，英台只好打点行装、拜别老师、返回家乡了。山伯与英台依依不舍，互赠信物。山伯赠给英台古琴长剑，英台回赠山伯镏金折扇，上面亲自写上"碧鲜"二字。同窗共烛整三载，祝英台已经深深爱上了她的梁兄，而梁山伯虽不知祝英台是女子，也对她十分倾慕。在山伯去杭城时，英台相送十八里，途中英台多次借物抒怀，暗示爱慕之情。祝英台说："送君千里终有一别。但有一事相问。"梁山伯说："贤弟请讲。"她说："梁兄你家中可有妻室吗？如果梁兄未定亲，小弟把家中胞妹介绍给你，怎么样？她年龄人品与我相似。"山伯听后，连连点头答应，并说很快便来祝家提亲。然后二人恋恋不舍地分了手。

　　分别以后，双方都日夜思念着对方。几个月过去了，梁山伯前往祝家拜访，结果令他又惊又喜。原来这时，他见到一位年轻美貌的姑娘，不是别人，正是祝英台。那一刻，他们都明白了彼此之间的感情，早已是心心相印。可是祝员外哪会看得上这穷书生呢，他早已把女儿许配给了马太守的儿子马文才，虽然祝英台不愿意，祝员外也从丫环口中知道了祝英台与梁山伯相爱的事。可是，这都不能改变祝员外的主张。久别重逢梁山伯，倒叫祝英台又欢喜又伤悲。喜的是终于和他相见，悲的是美满姻缘已被父亲拆开。她说："梁兄，我爹已经将我许给马家，父命难违，马家的亲退不了。"梁山伯听到英台说的话，肝肠寸断，狂风吹折并蒂莲！他想今生也难娶祝英台了。祝英台流着眼泪道："你我人虽分离心却不能分离。梁兄以后不要流泪，也不要太过悲伤。英台不是无情之人，我对你是一片真心。"梁山伯满怀悲愤无处诉，无限的欢喜转眼变成了灰。他说："要是我有个不测，就在那胡桥镇上立坟碑。到时记得看我。"祝英台哭着说："梁兄，你如有不测，一定要刻上红色黑色两块牌，黑的刻着梁山伯，红的刻着祝英台。我和你今生不能做夫妻，死也要与你同穴！"梁山伯也痛哭流涕，顿觉万念俱灰。病歪歪地离开了祝家，祝英台怅然若失。

梁山伯悻悻地回家以后，忧郁成疾，一病不起，没多久就死去了。祝英台知道梁山伯死去的噩耗，伤心极了，她决定以身殉情。那天，她被父亲逼着出嫁了。她套上红衣红裙，走进了迎亲的花轿。迎亲的队伍一路敲锣打鼓，好不热闹！她提出了一定要到梁山伯墓前祭墓，否则宁死也不上花轿的要求。祝员外没办法，只好答应了她。当花轿路过胡桥镇梁山伯墓前时，祝英台出轿，扶碑痛哭。忽然间飞沙走石，只见祝英台脱去红装，一身素服，跪在坟前。霎时间风雨飘摇，雷声大作。"轰"的一声，坟墓裂开了，祝英台似乎又见到了梁兄温柔的脸庞，她微笑着纵身跳进了坟墓。接着又是一声巨响，坟墓合上了。

这时风消云散，雨过天晴，各种野花在风中轻柔地摇曳，一对美丽的蝴蝶从坟头飞出来，在阳光下自由地翩翩起舞。

真爱，更多的时候只是一种传说。历经磨难却依然无悔的意念，才有可能产生爱的奇迹！世上恐怕没有一种东西如爱情这样广为流传。爱是因为相互欣赏而开始的，因为心动而相恋。爱情，是把双刃剑。伤到对方的同时，也会伤了自己。爱情，像精美的瓷器，必须小心呵护，一旦打碎，再高明的修补，也会留下缺憾。

爱情是生命的一颗眼泪。它好像剥洋葱一样，不断剥，总有一片会让你流泪的。有时候，爱情是生命中匆匆划过的一颗流星。光芒稍纵即逝。不要等到失去时才领会爱情的真意；不要等到悲剧发生才明白爱的真谛。姻缘是上天的安排，跟谁在一起是月老安排好的。该是你的想逃都逃不掉，不是你的苦求也求不着。茫茫人海，寻觅一个可心的背影，已不易；找到，更不易。爱情无据可依，它没有道理可讲。只有身在其中的人才能体会得到个中滋味，是局外人不了解的，也是别人理解不了的。

昔日横波目，今成流泪泉
——孟姜女哭倒长城

长相思

李白

日色欲尽花含烟，月明欲素愁不眠。

赵瑟初停凤凰柱，蜀琴欲奏鸳鸯弦。

此曲有意无人传，愿随春风寄燕然。

忆君迢迢隔青天，昔日横波目，今作流泪泉。

不信妾断肠，归来看取明镜前。

简 析

《长相思》是乐府曲调名，多写思妇之情。素：白色的绢。赵瑟：先秦时赵国人善鼓瑟，故称赵瑟。凤凰柱：瑟柱刻作凤凰形。燕然：山名，即杭爱山，在蒙古。横波目：形容眼睛明亮动人。流泪泉：泉水潺潺不绝，形容泪多。看取：看。取为语助词。

这首诗描写一个女子在月光皎洁的春夜怀念远方的丈夫。

秦始皇时期，陕西潼关县有户姜姓人家，种了一架葫芦，有一枝蔓越过墙头爬到了邻居孟员外的院子里，结了一个大葫芦。两家看这个葫芦好看，都想要，争得不可开交。后经人调解，两家决定均分。刚一把葫芦切开，大家都吓了一跳，里面蹦出一个眉清目秀的小姑娘。真是神奇啊。给这女子起什么名字呢？两家商量了一下："这是咱们两家的后代，就叫孟姜女吧。"

一晃十几年过去了，孟姜女长得如花似玉，聪明伶俐。一日，在孟家的后花园，孟姜女带着丫环正在赏花、乘凉。初夏时节，各种颜色的花鲜艳得引人驻足。其中有一种凌霄花更美，它们有的攀缘老树，有的依附奇石，有的沿着花架冲上天空，显得婀娜多姿。孟姜女和丫环几乎陶醉在美景之中，不觉天色已晚，夜幕降临。丫环说："小姐，咱们该回去了。"就在孟姜女她们往回走的时候，发现庭院中有一颗大树后面闪出一个人影。"谁，快出来！"孟姜女喊道。只见那个人连连摆手，恳求道："别喊别喊，救救我吧！我叫范喜良，是来逃难的。"

原来秦始皇为了修长城，正到处抓人做劳工，已经饿死、累死了不知多少人！一见范喜良长得明眸皓齿，品貌出众，孟姜女心中就有了几分爱意，她问道："为什么躲在我家院子里呢?"范喜良叹了口气："咳，一言难尽啊!"接着他把逃亡的经过对孟姜女说了。"哦，是这样，真的很可怜。"孟姜女怜惜地说道。

孟姜女看到他这么可怜，于是把他带回家，对孟员外说了范喜良逃亡的事，并要求收留他。孟员外沉吟道："他可是官府通缉的要犯，收留他搞不好会株连九族，有灭门之灾啊。"

孟姜女说："只要不把他的身份说出去，谁也不会知道。"孟员外说："好吧，就把他暂时安顿在后花园住下，这件事只有你我和丫环知道，吩咐丫环，不要告诉其他人。"就这样，范喜良在孟员外家后花园住了下来。孟姜女每天和丫环给范喜良送饭。

时间一长，两人就接触多了。孟姜女了解到，范喜良是苏州人，出自书香门第，精通琴棋书画，尤其是诗歌。孟姜女是才女，知道以后，她经常与范喜良切磋。他们谈《诗经》的"风"、"雅"、"颂"，谈《论语》，谈《离骚》、《天问》、《九歌》等等，经常忘了时间。有一次，范喜良有一句诗形容孟姜女："桑之未落，其叶沃若。"孟姜女则回敬范喜良："氓之嗤嗤，抱布贸丝。匪来贸丝，来即我谋。"他们被诗人屈原的高风亮节、刚强不屈的精神所感动。孟姜女犹如高山流水般的古铮声和范喜良的吟诗声常常在孟家后花园里响起。

孟员外喜欢琴棋书画，经常把范喜良叫到家里对弈，他对范喜良高超的棋艺和才华很欣赏。他思量着女儿年龄也不小了，还没有与人定亲婚配，范喜良人不错，不但有才华而且人品也好，能把他招为上门女婿不正是天意吗？第二天，孟员外就把想法对姜家说了。姜家人见他俩儿心心相印，日久情深，也很赞同这门亲事。

最美的诗词故事大全集

孟姜女和范喜良成亲了。那天，孟家张灯结彩，宾客满堂，一派喜气洋洋的情景。当天色渐渐黑了下来，喝喜酒的人们纷纷散去，新郎新娘正要入洞房，忽然听见鸡飞狗叫，随后闯进来一队恶狠狠的官兵，不容分说，用铁链一锁，硬把范喜良抓走了。说是去修长城。差役带走范喜良的时候，天空乌云密布。"夫君，"孟姜女哭着扑到范喜良怀里，小夫妇眼泪都流了下来……好端端的喜事变成了一场空，孟姜女悲愤交加，她日夜思念着丈夫。几个月后，北风四起，芦花泛白，已是深秋了。孟姜女想到丈夫还穿着单衣，一定十分寒冷。她因为难过已经憔悴了很多。她想："我坐在家里着急也不是个办法，不如到长城去找他。对！就这么办！"孟姜女立刻收拾行装，不顾家人的反对，带好已做的寒衣，向北方走去。

千山万水，路途迢迢，山峦重叠。不知走了多长时间，孟姜女带的盘缠和干粮用完了，她就给当地人做事，或者沿路乞讨。一路上孟姜女风餐露宿，历尽千难万险。漆黑的夜晚，寒风凛冽。她没有了干粮，饥寒交迫，发起了高烧，昏迷了好几天，周围渺无人烟。这时的孟姜女已是面黄肌瘦，衣裳褴褛，她心想："就是爬，我也要爬到长城边。"对一路上经历的风霜雨雪，跋涉过的险山恶水，孟姜女没有喊过苦，没有掉过泪，她有着顽强的毅力，有着对丈夫深深的爱。皇天不负有心人，她终于来到长城边的山海关。从山海关望长城，像一条不见首尾的巨龙，穿过茫茫草原，翻过巍巍群山，越过浩瀚的沙漠，绵延逶迤，腾挪跌宕，跃向天边。这时的长城已经由一个个工地组成了一道很长很长的城墙了，孟姜女一个工地一个工地地找过来，却始终找不到丈夫的踪影。最后，她鼓起勇气，向一队正要上工的民工询问："你们这儿有个范喜良吗？"

民工说："有这个人，新来的。"孟姜女一听，高兴极了！

她连忙又问："他在哪儿呢？"

民工说："已经死了，尸首被填在了长城墙脚下！"

猛地听到这个噩耗，真似晴天霹雳一般，孟姜女只觉得眼前一黑，一阵心酸，大哭起来。她整整哭了三天三夜，呼天号地地哭得泪飞如雨，哭得天昏地暗。一哭恩爱夫君阴阳两隔，二哭家中老小失去顶梁，三哭控诉秦始皇劳民伤财、草菅人命。三哭之下，惊天动地，忽然间一声山崩地裂般的巨响，连天地都感动了，只听"哗啦"一声，长城竟坍塌了八百里。哭倒了的那段长城，露出来的正是范喜良的尸首，孟姜女的眼泪滴在了他血肉模糊的脸上。她终于见到了自己心爱的丈夫，但他却再也看不到她了。

天越来越阴沉，风越来越猛烈，孟姜女的哭声响彻了二十几个世纪。

爱情有生、老、病、死。爱情最伤感的时刻是生离死别，一个曾经爱过你的人，忽然离你远去，咫尺之隔，却是天涯之遥。爱情总在不知不觉间过去了，曾经轰轰烈烈，曾经千回百转，曾经沾沾自喜，曾经柔肠寸断。相逢即意味着别离，每个人都害怕别离。

有爱，才会有所期待，有期待才会有所失望。所以失望有时也是一种幸福，虽然这种幸福会很痛。爱情使人忘记时间，时间也使人忘记爱情。曾经相遇，总胜过从未碰头。孤单不是与生俱来，而是从爱上一个人的那一刻开始。有些人的命运注定是要等待别人的，有些人的命运是注定被人等待的。缘起缘灭，不是谁能控制的。能做到的，是在因缘际会的时候好好地珍惜在一起的时光。

爱情是人世间最眼花缭乱、最令人迷惑的东西。它是幻想，是难分难舍、刻骨铭心、回肠荡气、海枯石烂。经过前世之旅以后，会明白爱情其实就是几世累积下来的怨恨纠缠，是要继续到来世，在生生世世的轮回中纠缠下去的。也许你逃过一时，但即使逃过了一千年，仍然会再次碰面，所谓冤家路窄。

孔雀东南飞，五里一徘徊
——焦家妇难为

孔雀东南飞

孔雀东南飞，五里一徘徊。

十三能织素，十四学裁衣。

十五弹箜篌，十六诵诗书。

十七为君妇，心中常苦悲。

君既为府吏，守节情不移。

贱妾留空房，相见常日稀。

鸡鸣入机织，夜夜不得息。

三日断五疋，大人故嫌迟。

非为织作迟，君家妇难为。

妾不堪驱使，徒留无所施。

便可白公姥，及时相遣归。

······

简 析

这首长诗写的是汉末建安年间，庐江太守衙门里的小官吏焦仲卿和妻子刘兰芝在封建礼教及家长制的压迫下双双自杀的悲剧。焦仲卿的妻子刘兰芝，被婆婆赶回娘家，她回娘家后发誓不再嫁人。她的哥哥逼迫她改嫁，她就投水死了。焦仲卿听到刘兰芝投水而死这件事，也在自己家的树上吊死了。当时的人哀悼他们，写下了这首诗。诗中深刻地揭露了封建礼教及家长制的罪恶，歌颂了焦仲卿夫妇的反抗精神。

主人公刘兰芝是一个勤劳美貌、有着很好教养的女子，她对丈夫钟情体贴，对丈夫的妹妹关心，对焦母的虐待专横是不卑不亢。当她在被休遣回娘家，兄长逼迫改嫁时，毅然以死进行反抗。这体现了她的坚贞不屈的性格。另一人物焦仲卿，他和兰芝一样，以自杀表现了自己对封建礼教的反抗和对爱情的忠贞。

汉献帝建安年间，有一个叫刘兰芝的姑娘，她才貌双全，嫁给了庐江衙门的小官吏焦仲卿。她们婚后非常相爱。可焦母却用百般借口对刘兰芝进行刁难。

刘兰芝向丈夫哭诉："我十三岁能够织精美的白娟，十四岁学会了裁剪衣裳，十五岁会弹箜篌，十六岁能诵读诗书。邻居及附近的人都对我评价很好。自从做了你的妻子，我心里常感到痛苦。你事务忙，很少在家里，我一个人每天在这空房里，等着你回来。每天鸡叫时我就开始在织机上做事了。三天就能织成五匹绸子。我晚上甚至也不休息地干活。婆婆却还嫌我织得慢。哪里是我织得慢，明明是你家的媳妇难做呀！我既然不合婆婆的意，留在这里有什么意思呢？不如你去禀告母亲大人，把我早些送回娘家吧。"

焦仲卿听了她的诉说后，到母亲那里说："儿子我不乞求做高官、享厚禄，能娶到兰芝为妻子，相亲相爱地生活，我已经心满意足了。我和她约好死后在地下，我们也会结成伴侣。一家人的生活才不到两三年的光景，不算久，在儿子看来，她没有什么不好的行为触犯到母亲。到底哪里使母亲不满意呢？"

听了他的话，焦母说："我的儿子怎么会这般没有见识！兰芝她不注意礼节，做事只凭着自己的意愿。我早就看她不顺眼了。邻居有个叫秦罗敷的女子，长相可爱，人又贤惠，没有谁能比得上她，母亲正准备去为你求婚。你就赶快休掉刘兰芝，打发她走，千万不要心软！"

焦仲卿跪着说："孩儿禀告母亲，假如休掉兰芝，儿子一辈子就不再娶妻了!"

焦母听了他的话,气得大发脾气,她一边用拳头敲着床,一边指着焦仲卿骂道:"你怎么敢为你媳妇说话?! 我真是白白养了你。她有什么好! 你如果留着她,我就不活了。"

焦仲卿见母亲这样子,不敢再出声。他对母亲拜了两拜,回到自己房里,想对妻子说话,却话不成句:"母亲逼我赶你走。我不想这样做。可是,她在那里发脾气。不如,你暂时回娘家去,我先回太守府里办事。咱们两人都避一避。不久我会去迎接你回家来。你就受点委屈吧。"

听了丈夫的话,刘兰芝木然地对他说:"不用麻烦了! 想想前年冬天,我嫁到你家。白天黑夜勤恳地做事,受尽辛苦,侍奉婆婆一点不敢怠慢。到头来,还是被赶出去。哪里还敢奢求再回来? 家中有我的绣花短袄,上面有美丽的刺绣;红色罗纱做的双层斗帐,四角挂着香袋;盛衣物的箱子六七十个,箱子上都用碧绿色的丝绳捆扎着。各种器皿都在那箱帘里面。这些东西不值钱,配不上你以后的妻子。我们一起生活了近三年,就给你留作纪念吧,恐怕以后再不可能见面了。希望你永远记得我的情意。"

听到外面鸡叫了,天色也渐亮了。刘兰芝起床打扮得整整齐齐,她穿上绣花夹裙,脚上穿着丝鞋,头上戴插着闪闪发光的各种首饰,腰上系着白绢子,像水波一样流动着光彩,耳朵上戴着的耳坠是用明月珠做成的。她的手指纤细白嫩,像削尖的葱根。嘴唇那么红润,像含着红色的宝石。她轻盈地踏着细步,精致而美丽,可以称得上举世无双的美人。她去厅堂拜别婆婆。兰芝说:"我出生在乡间，长在乡间，没受过太好的教养。与您的少爷结婚，感到是高攀了。您送的钱财礼品很多，我却不能使您满意。今天我就回娘家去了。以后家事的辛劳就全靠您一人了。"刘兰芝回头与小姑告别，眼泪像一串串的珍珠落下来。她对小姑说："我刚来时，你刚会扶着床学走路。现在我要走了，你都长得和我一样高了。你要多孝顺母亲，好好服侍她。不要忘了我。"兰芝眼泪不停地落下来，说完，便出门坐上车子离开了。

刘兰芝的车在后，焦仲卿的马走在前。在大路口会合了。焦仲卿下马坐到刘兰芝的车里，车子发出隐隐的响声。两个人低着头，过了一会焦仲卿凑近兰芝的耳朵说："我发誓不会和你断绝关系，你只是暂时回到娘家，我发誓决不会对不起你，很快就来接你，你不要在家里胡思乱想啊。"

刘兰芝对焦仲卿说："我很感激你的爱！既然你这样对我，我盼着你真的能来接我。你若是磐石，我就是蒲草。蒲草柔软结实得像丝一样绕着磐石，它就不会转移了。我哥哥性情暴躁，不知回到娘家，会对我怎么样。想到以后的日子，我心里就很乱。"快到兰芝家门口时，他们惆怅不已又恋恋不舍地分别了。

兰芝走进了家门，觉得很没有脸面。刘母看见兰芝一个人回来，感到非常惊讶。她说："你究竟有什么过错，被休回来了！"兰芝惭愧地对母亲说："女儿实在不知道有什么过错。"刘母听后非常悲伤。

才过了十几天，县令听说了兰芝的事儿，就派媒人上门来提亲。那媒人说，县令家有个三公子，年龄只有十八九岁，人长得漂亮，口才很好，举止文雅，非常能干。刘母对女儿说："我看你趁早答应吧，比焦仲卿强几百倍。"兰芝含着眼泪说："我刚回来时，焦仲卿再三嘱咐我，他立下誓言，与我永不分离。您替我谢谢媒人，以后再讲这件事吧。"刘母见女儿如此可怜，便告诉媒人说："我们贫贱人家的女儿，刚被休回娘家。她怎么配得上县太爷的公子？麻烦你了。请你再访求别的女子吧。"

县令的媒人走了不久，太守又派郡丞来求婚了。郡丞直接对刘母说："太守家的第五个儿子，娇美俊逸，还没有结婚。想娶你家兰芝，派我到你府上来说媒。"刘母谢绝媒人说："女儿先前有过誓言，我不能对她说再嫁这件事了。"兰芝哥哥听到太守求婚被拒这件事，心中非常不快。他对兰芝说："你是怎么打算的？也不好好考虑一下！以前嫁个小官吏，现在提亲的都是贵公子。运气这么好，你嫁了享受不完的荣华富贵。"兰芝回答道："哥哥说的话的确有道理，我嫁人以后又中途回到哥哥家。怎么处理完全听从哥哥的主意，不敢自己随便做主。我曾与焦仲卿立过誓言，看来是没有机会见面了。我会答应太守这门亲事的。"

郡丞回到郡府报告太守说："我到刘家去做媒，公子有缘，成功了。"太守听了这些话，心里非常欢喜，马上查看婚嫁历，又翻看婚嫁书，便对郡丞说："把婚礼定在这个月内吧，年、月、日的干支都很吉利。今天已是二十七了，你赶快去刘家订好结婚日期。"太守府赶办婚礼的人向浮云一样热门非凡。聘金有三百万，都用青色的丝线穿着，各色绸缎有三百匹，从各地采购来的山珍海味。船绘有青雀和白天鹅的图案，四角挂着绣有龙的旗幡，轻轻地随风飘展。镶着白玉的车轮，金色的车子，缓步前行的青骢马，套有四周垂着彩缨、下面刻着金饰的马鞍。跟从的人有四五百，吹吹打打来到庐江郡府门。

刘母对女儿说："刚才接到太守的信，明天就来迎娶你，快做衣裳吧。"兰芝默不作声，眼泪像水一样流下来。兰芝满怀愁思，出门痛哭起来。回来边流泪边动手做衣裳。做成了绣花的夹裙，又做了单罗衫。阴沉沉地天快要黑了。

焦仲卿听说了兰芝再嫁的消息，于是请假回来。快到兰芝家，人伤心，马的叫声也哀怨。兰芝听到了熟悉的马叫声，快跑出去迎接他，相爱的人来了。她举起手抚摸着马鞍，哀声长叹使人心都碎了。她说："真想不到人事的变化这么快啊！我哥哥逼我嫁给太守的儿子。你来了又能怎样呢！"焦仲卿对兰芝说："恭喜你得到一位贵婿！磐石坚实可以存放上千年，蒲苇一时柔韧，也只能在早晚之间。你会富贵起来的，我一人去黄泉吧！"兰芝说："想不到你会说出这种话！我们在地下再见吧！但愿都不会违背誓言！"他们又紧紧地握着手，然后告别离去。

焦仲卿回到家里，拜见母亲："今天特别冷，寒风摧折了树木，院子里的白兰花上结满了浓霜。儿子就像快要落山的太阳，恐怕母亲以后会孤单了。希望您的身体永远健康！"焦母听到这些话，泪水流下来说："你是世家的子弟，又任官职。不要为了一个妇人去寻死，你和她出身不同，休掉了她不算薄情。母亲会为你再找的。"焦仲卿不想听到这些，他向母亲拜了拜回到房子里。他在空房子里长叹，他决定了自杀。他目光转向兰芝住过的屋子，再看看她的东西。睹物思人，他越想越痛心。

兰芝结婚的那一天，暗沉沉的黄昏后，静悄悄的，赴婚宴的人们开始散去了。刘兰芝自言自语道："我的魂灵就要在今天离开了，这尸体就留在人间吧！"她挽起裙子，脱去丝鞋，纵身跳进清水池里。

焦仲卿听说刘兰芝结婚当天即投水自杀，心里知道她实现了自己的誓言。他在庭院的树下徘徊了一阵子，就选择一棵朝向东南的树枝，上吊死了。

焦刘两家人都沉寂在悲伤中。他们最后商定，将兰芝夫妇合葬一处。坟墓的东西两侧种上了长青的松柏，坟墓的左右种上了梧桐。树枝互相覆盖纠缠着，叶子片片连着。树中有一对飞鸟，它们叫鸳鸯。仰头相对着叫，天天叫到五更。路过的人停下脚步听。多多劝告世人，把这件事作为教训，不要忘记啊！

如果说人生如花，那么，爱便是花中蜜。一贫如洗可能拥有爱情，而富甲天下却未必买到爱情。爱情不是占有，爱情是两个人的归宿，是两个人一起建立的世界。爱情是生命的动力，她能够使人更具有生命力，使人青春常驻。

真正的爱情经久不衰，会像酒一样越放越醇。没有爱情的人生，不是真正的人生。真正的爱情能够鼓舞人，唤醒他内心沉睡的力量和潜藏着的才能。爱情是两颗相爱的心碰撞出的火花。真正的爱情是用言语无法表达的，行为是忠心的最好说明。真正的爱情会给忧伤的眼睛里注入坚定，它会让苍白的脸尽显玫瑰的红润。

爱，是一种感受，即使伴着痛苦也会觉得幸福；她是一种体会，即使心碎也会觉得甜蜜；她更像一种经历，即使破碎也美丽。爱一个人不孤单，想一个人才孤单。人人都期盼美好的爱情，当爱情受到阻力时，是继续还是放弃？爱情是可以勇敢的。命运其实正掌握在自己手中。有时会无奈与彷徨。坚持亦或是放弃都是自己的选择。每个人的想法不同。

骓不逝兮可奈何，虞姬虞姬奈若何
——荡气回肠的霸王别姬

垓下歌

项羽

力拔山兮气盖势，时不利兮骓不逝。
骓不逝兮可奈何，虞姬虞姬奈若何。

简 析

起句有气壮山河，吞灭万里的气势。项羽卓绝超群，气盖一世。他的履历中，素有所向披靡、勇冠三军的故事。即使面对四面楚歌的惨败结局，面对爱妃虞姬，项羽感慨万千。既有对自己辉煌岁月的回首，也有对兴亡盛衰的无尽感慨，对"时不再来"的无限懊悔。似乎一切尽是天意：时机于我不利，战事于我不顺，千里马也跑不起来了。至此，一种英雄末路的感慨油然而生，让人倍感苍凉。此诗抒发的是一种无可奈何之感。面对强劲而奸诈的对手，项羽坦率、不用心计。到死他总该明白了吧。他多么企盼能卷土重来，再一显身手。可惜，这种机会不会有了。"可奈何"，是失望心态与悲剧心理的流露。作为一位叱咤风云、众望所归的领袖，他于强弩之末连自己的爱妃也保护不了，这是多么震撼人心的悲哀！"不肯过江东"的项羽就只剩死路一条，面对虞姬他只有叹"奈若何"。

垓下，历史上曾上演过一段完美的英雄美人的传说：美人芳影落寞于荒冢，英雄心志遗恨于乌江。楚河汉界在刹那的起落中泯灭了，然而那英雄美人的故事，却常挂在后人的心头。

项羽世称霸王，领兵久战秦军，杀声动天地，泣鬼神，楚军无不以一当十。其他坐壁上观的诸侯军看了，人人惊恐。等楚军击败秦军，项羽召见诸侯将领，这些将领们都跪着爬进辕门，没有一个是站着走进去的。没有人敢仰视霸王。霸王英雄之姿气盖一时。他有一爱姬名字唤作"虞"，常伴其左右；他骑的一匹骏马叫做"骓"。时逢秦末乱世，虞姬自从跟随着霸王以后，东征西战，受尽风霜雨雪，辛苦劳碌，一年又一年，她毫无怨言地相随。她多么希望兵戈扰乱能够快点消却，天下百姓不再遭受战乱的痛苦。她也将跟着心爱的霸王过上安宁幸福的生活。这就是虞姬简单而朴素的愿望。

楚汉相争，当楚汉两军对峙荥阳时，项王对刘邦说："自从秦朝以来，天下纷争百姓受苦已经很久了。现在只剩下你我二人争天下，现在我愿意和你单独决一胜负，不管谁胜谁败，从此以后不要再让黎民跟着受苦了。你觉得怎么样？"刘邦笑着说："我宁肯斗智，不能与你斗勇。"项羽勃然大怒，天下哪有你这样的无赖。于是，两军大战。后来，汉王刘邦听从张良等人的计策，与其他诸侯联合攻击楚国。诸侯军将楚军围在垓下，一围就是一个月，意在使霸王不能战，不能出，消退其士气，全军力疲，弹尽粮绝。当时楚王屯兵垓下，被汉王军队重重包围，兵少粮尽。张良知道霸王的战士都是楚地人，于是便命汉军高唱楚歌，以动摇楚军军心。霸王项羽夜不能寐，忽听四面楚歌响起。他听后大惊，暗叹道："难道刘邦已经得到楚地？怎么他军中这么多楚人？"于是起床，在帐中饮酒。霸王想着宠姬虞美人和乌骓骏马，于是悲从中来，慷慨而歌，他唱道："力拔山兮气盖世，时不利兮骓不逝，骓不逝兮可奈何，虞兮虞兮奈若何。"虞姬此时和着他的歌声翩翩起舞。霸王刚毅的线条，黝黑的肤色，紧锁的眉头使虞姬心痛。霸王的眉头是锁紧了，他用手紧紧握住虞姬的手，手指激动而颤抖。虞姬感到他从没有过的恐慌："虞姬，你听，你听，我们输了。"虞姬很害怕看到他这样子，看来他是真正绝望了。他的全部是战争，而她的全部却是他。他们悲哀地对视着。是的，霸王自知将败，泣泪数行。左右见霸王虞姬都凄然泪下，低头不语。

垓下，秋风烈烈，十面埋伏，残阳似血，四面楚歌。虞姬已知项王很难幸免，死亡算什么！面对死亡，她笑着跳舞给霸王看，面对死亡，不愿独生，不愿后死，这就是虞姬；死亡算什么，她能够先死给你看，死给自己的英雄看，死给自己的情人看，这就是美人虞姬！这是一种浪漫和凄美的死法，为英雄！霸王像一只被困在笼子里的老虎，支持他战斗的，一直是问鼎中原的壮志豪情，自起兵以来，早已将生死置之度外，而现在惟一担心的，就只有她了。现在是在为保护自己心爱的人而战。他是那么爱虞姬，希望与她朝朝暮暮，片刻也不分离。长期以来，他一直让她陪在身边，出入死生之地，担惊受怕，风餐露宿。可最终，能给她什么呢？剑落了，跟着虞姬的身体在项羽的手中渐渐变凉。一滴眼泪落到英雄冰冷的脸上，碎成一朵菊花。这是惟一一次流泪，是人们从前没有看到过的，以后不会再看到了，是为她而流的。他望着这张无比凄美的脸庞，心中默默念道："你不会寂寞的，只要稍微等待一下，我很快就去找你。"

虞美人殉情后，项羽一把抓起她身旁的吴越薄钢锻剑，冲向了汉军的营地。项羽率八百壮士突围。乌江岸边，是英雄的归宿，乌江亭长已经把船停在岸边等他，对他说：江东虽小，地方也有千里，也足够大王称霸一方了。项羽笑道："老天让我灭亡，我又何必渡江？当初我与八千江东子弟渡江西征，今天已经没有一人能够生还。即使江东父老仍然把我看做大王，我心中又怎么能够安稳呢？又有何面目见江东父老？"他将跟随五年的乌骓宝马，送给了亭长。说完拔剑自刎，追随虞姬而去。霸王对虞姬有爱，才会有生离死别之痛，虞姬对霸王有情，才见血刃飞花。这是多么悲壮！

"无风亦向朱栏舞，情为君王苦。乌江不渡为红颜，忍使香魂、无主独东还。"从此后，项羽再没有了战败的英雄气短，多了几分儿女情长。从此后，霸王再也不是"无颜见江东父老"，却只是一个不让所爱寂寞的凡人。

爱情是一种宿命。爱从相互欣赏开始，因心动而相恋，宽容、谅解、习惯和适应才会携手一生。人常在自己情感的独角戏里，演绎着一幕幕的无奈和痛苦。常会戴着一副面具游走于世间，不能坦白自己，但终究逃不出宿命。

冥冥中一切早已注定，相信宿命吧。纠缠的爱情，温暖的疼痛。无论得到或者失去都顺其自然，并怀有一颗感恩的心，感谢那曾经走进你生命里的爱情与爱人，它使你真实地爱过。它丰富了你人生的阅历。

一切已经注定，相爱的两个人不一定能够在一起，不爱的人不一定会不在一起。更多的时候无能为力，看宿命的安排。生命中出现陌生的，熟悉的人。他们不曾很久地逗留在生命中，但是他们确实出现过。宿命决定爱情。也许不经意间爱上一个擦肩而过的人，这就是宿命。逃避不得。爱一个人，怎样开始，怎样结束都不重要。更多的时候是爱的纠缠。有些人一旦遇上了，便再也逃不掉，命运真是奇怪，不信也得信。

在天愿作比翼鸟，在地愿为连理枝
——花凋颜谢的杨玉环

长恨歌

白居易

汉皇重色思倾国，御宇多年求不得。

杨家有女初长成，养在深闺无人识。

天生丽质难自弃，一朝选在君皇侧。

回眸一笑百媚生，六宫粉黛无颜色。

春寒赐浴华清池，温泉水滑洗凝脂。

侍儿扶起娇无力，始是新承恩泽时。

云鬓花颜金步摇，芙蓉帐里度春宵。

春宵苦短日高起，从此君皇不早朝。

承欢侍宴无闲暇，春从春游夜专夜。

后宫佳丽三千人，三千宠爱在一身。

金屋妆成娇侍夜，玉楼宴罢醉和春。

姊妹弟兄皆列土，可怜光彩生门户。

遂令天下父母心，不重生男重生女。

骊宫高处入青云，仙乐风飘处处闻。

缓歌曼舞凝丝竹，尽日君王看不足。

渔阳鼙鼓动地来，惊破霓裳羽衣曲。

九重城阙烟尘生，千乘万骑西南行。

翠华摇摇行复止，西出都门百余里。

六军不发无奈何，婉转蛾眉马前死。

花钿委地无人收，翠翘金雀玉搔头。

君王掩面救不得，回看血泪相和流。

黄埃散漫风萧索，云栈萦纡登剑阁。

峨眉山下少人行，旌旗无光日色薄。

蜀江水碧蜀山青，圣主朝朝暮暮情。

行宫见月伤心色，夜雨闻铃断肠声。

天旋地转回龙驭，到此踌躇不能去。

马嵬坡下泥土中，不见玉颜空死处。

君臣相顾尽沾衣，东望都门信马归。

归来池苑皆依旧，太液芙蓉未央柳。

芙蓉如面柳如眉，对此如何不泪垂。

春风桃李花开日，秋雨梧桐叶落时。

西宫南内多秋草，落叶满阶红不扫。

梨园弟子白发新，椒房阿监青娥老。

夕殿萤飞思消然，孤灯挑尽未成眠。

迟迟钟鼓初长夜，耿耿星河欲曙天。

鸳鸯瓦冷霜华重，翡翠衾寒谁与共。

悠悠生死别经年，魂魄不曾来入梦。

临邛道士鸿都客，能以精诚致魂魄。

为感君王辗转思，遂教方士殷勤觅。

排空驭气奔如电，升天入地求之遍。

上穷碧落下黄泉，两处茫茫皆不见。

忽闻海上有仙山，山在虚无缥缈间。

楼阁玲珑五云起，其中绰约多仙子。

中有一人字太真，雪肤花貌参差是。

金阙西厢叩玉扃，转教小玉报双成。

闻道汉家天子使，九华帐里梦魂惊。

揽衣推枕起徘徊，珠箔银屏迤逦开。

云鬓半偏新睡觉，花冠不整下堂来。

风吹仙袂飘飘举，犹似霓裳羽衣舞。

玉容寂寞泪阑干，梨花一枝春带雨。

含情凝睇谢君王，一别音容两渺茫。

昭阳殿里恩爱绝，蓬莱宫中日月长。

回头下望人寰处，不见长安见尘雾。

唯将旧物表深情，钿合金钗寄将去。

钗留一股合一扇，钗擘黄金合分钿。

但教心似金钿坚，天上人间会相见。

临别殷勤重寄词，词中有誓两心知。

七月七日长生殿，夜半无人私语时。

在天愿作比翼鸟，在地愿为连理枝。

天长地久有时尽，此恨绵绵无绝期。

简 析

　　这首诗写作缘起于唐明皇与杨贵妃的悲剧故事。因为诗的最后两句是"天长地久有时尽，此恨绵绵无绝期"，所以称这首诗作《长恨歌》。白居易作为一代文人是一个成功者。他用现实主义的笔法，写出了多个凄冷的场面，敲响了一次又一次警钟。《长恨歌》是他一生的代表作。长诗以喜剧开头后转成悲剧，成了一首爱情颂歌。这首叙事诗的最成功处就是抒情，相当复杂的情节只用精炼的几句就交代过去，细致地写出唐明皇与杨贵妃爱情的浓烈，以及杨贵妃死后互相思念的真情。唐玄宗和杨贵妃的爱情故事，两人之间的悲苦爱情在这首诗中被展现得淋漓尽致，成为千古传唱。

杨玉环是薄州永乐（今山西芮城）人，她是隋梁郡汪氏的四世孙，父亲杨玄琰是一位官员。随着年龄的增长，杨玉环出落得越来越与众不同。她皮肤白皙，姿容秀美，身材丰腴，明眸皓齿，举手投足间，无不显露出青春少女的妩媚与艳丽。尤其是她自幼擅长歌舞，有着极高的音乐天分，更加增添了她的魅力。她父亲深以女儿的美貌和聪明为自豪，常常带她外出，偶尔也介入上流社会的造访应酬。

开元23年7月的一天，唐玄宗的女儿咸宜公主出嫁，她是玄宗爱妃武惠妃所生，也是玄宗最喜欢的公主，因此婚礼办得非常豪华。杨玉环也被邀做公主的嫔从，就这样，她与咸宜公主的胞弟寿王李瑁结识了。李瑁第一次见到杨玉环，就被她超群的姿色迷住了。他去请求母亲武惠妃把杨玉环赐给他做妃子，取得了父皇李隆基的恩准，当年即纳杨玉环为寿王妃。李瑁非常娇惯这个年轻美丽的妻子，二人常常相拥在花园漫步，或并肩携手外出游玩。杨玉环不仅得到了寿王的百般宠爱，也得到了婆母武惠妃的格外关照。她常常去陪伴武惠妃，得到了武惠妃的庇护。

不幸的是，不久，武惠妃因病死去了。唐玄宗非常难过。后宫美人很多，竟没有一个令他中意的。玄宗无处寄托情怀，对他来说，无异是一种酷刑。玄宗于是郁郁寡欢，时常发怒。心腹宦官高力士看到杨玉环的美貌，为了向唐玄宗讨好，他推荐了杨玉环，玄宗回想起儿媳的品貌，真有几分酷似武惠妃呢，于是他把目光投向了儿媳杨玉环。

当时，唐玄宗借去骊山温泉宫之便，召杨玉环随行。寿王李瑁虽然心中明了，这意味着什么，但碍于父皇的权威，不便发作。杨玉环也只有来到骊山。此时她22岁，玄宗56岁。杨玉环长得美艳无比，而且能歌善舞，智慧过人，聪颖异常。这样美艳照人，风情万种的女人没法不让一个正常的男人动心，何况风流种子李隆基？李隆基傻看一阵子之后，缓过神来，觉得这令人馋涎欲滴的美女，还不能马上搂过来，因为她不是王妃，是自己的儿媳妇，起码先得改变这种身份。此后，唐玄宗为了有一个很好的借口得到美人，就令杨玉环出家为女道士，为李隆基的母亲窦太后荐福，并赐她道号"太真"。后来，唐玄宗又"开皇恩"另外册立一大臣之女为寿王妃。寿王除听任摆布，又能如何呢？不久，唐玄宗便正式册立杨玉环为后宫的贵妃。杨玉环专宠后宫，宫中称她为娘子，因唐玄宗自从废掉王皇后以后就没有再立后，因此杨贵妃就相当于皇后。

杨玉环如此迷人，令玄宗神魂颠倒，春宵苦短日高起，从此君王不早朝。她天生丽质，肌肤白皙如"凝脂"；她"回眸一笑百媚生"的迷人媚态；她的羽衣霓裳，能歌善舞。杨玉环姿容出众，不仅体态丰腴，肌肤细腻，且面似桃花，这对重于声色的玄宗，是具有吸引力的。最能使玄宗如痴如狂地迷恋杨玉环的，应是她有过人的聪颖，善于掌握男人的心理，又善解人意。

杨贵妃有独特、与众不同的优势，能被多才多艺的风流天子唐明皇看中，一见钟情，而且能受到明皇的专宠。因为杨贵妃年轻貌美，而且不是一般的漂亮，她是当时的绝代佳人，举世无双。她"姿质丰艳"、"殊艳尤态"。用花容月貌、沉鱼落雁、闭月羞花、倾城倾国、天生尤物来描写她还不算完美，李白的诗描写得却十分形象，"云想衣裳花想容，春风拂槛露华浓。若非群玉山头见，会向瑶台月下逢。""一枝红艳露凝香，云雨巫山枉断肠。借问汉宫谁得似，可怜飞燕倚新妆。""名花倾国两相欢，长得君王带笑看。解释春风无限恨，沉香亭北倚栏杆。"

杨贵妃能歌善舞。她通晓音律、擅长歌舞。唐玄宗本是一个能歌善舞，会演戏、作曲的多才多艺的风流天子，两个人趣味相投。杨玉环擅长歌舞，通晓音律，善解人意。玄宗极为喜欢，渐渐迷恋，不能自拔。杨贵妃聪慧过人，她"才智明慧"，"智算警颖，迎意辄悟"，而且能说会道，两个人有共同的语言。

杨贵妃善于献媚，她"婉娈万态，以中上意"，"善巧便佞，先意希旨，有不可形容者"。这样就把明皇这个特殊好色的风流天子，弄得整天神魂颠倒。

尤其是，杨玉环自入宫以来，遵循封建的宫廷体制，不过问朝廷政治，不插手权力之争，以自己的妖媚温顺及过人的音乐才华受到玄宗的百般宠爱，虽曾因妒而触怒玄宗，以致两次被送出宫，但最终玄宗还是难以割舍她。

经历两次出宫风波的考验，杨贵妃与唐玄宗的感情更加成熟而稳定，并且大有超越封建礼法、回归人间真爱的意味。有一年七夕的夜晚，参加完宫中举办的盛大宴会，唐玄宗和杨玉环意犹未尽，又携手来到长生殿赏月。只见月明星稀的夜空中，一道银河直泻千里，牛郎星与织女星格外耀目。杨贵妃眼望星空，合掌祈祷道："妾遥望牛郎织女越来越近，想必是夫妻今夕恩爱倍增。银河虽阔，隔阻不了他们真挚的感情。妾对牛女二星盟誓，愿与陛下的爱情天长地久，而不必经年相会！"听了杨贵妃的话，唐玄宗心中无限情意，升腾而起，竟拉着杨贵妃的手走到院中，双双跪下，合十当胸，信誓旦旦地说道："我们二人相爱日久，在天愿做比翼鸟，在地愿为连理枝，此生此世，永不分离！"盟誓之后，两人又都极其虔诚地对着星空施行三拜首礼。在他们看来，有双星为证，他们以心相许的愿望就一定能够实现，而白头偕老、永不分离是他们的崇高期盼。后来，唐玄宗因对杨玉环的宠爱，对其哥哥也另眼相看，提拔其做当朝宰相。

若干年后，逢安史之乱，叛军来势凶猛。唐玄宗不得不逃离皇宫，出宫时仅带杨贵妃一位妃子。走到马嵬坡时，一行人因疲惫就地休息。队伍到达马嵬驿站时正是吃晚饭的时候，近卫军四处游荡，一场阴谋正在酝酿中。近卫军头领陈玄礼来到唐玄宗面前说："陛下，今日之祸，祸根是源于宫中，请陛下割爱正法！"

玄宗当然明白他指的是杨贵妃，但是他却怎么忍心，于是低声下气地说："贵妃在深宫之中，怎会知道时局之变，她无罪啊！"玄宗哭了，他舍不得心爱的杨贵妃，可是士兵聚集不动，满脸杀气，形势非常紧迫，"陛下，"高力士急促地说："贵妃确实是无罪的，可将士们说，朝廷之难全源于美人，如果贵妃还在宫中，将士们不会保驾杀出叛军重围。请陛下想一想，将士心安陛下才能身安！"

早已听到外面情况的杨贵妃明白自己绝无可能逃脱这次劫难，她含泪向唐玄宗长辞："愿陛下珍重圣体，平安到蜀，妾死九泉也就瞑目了！"

看着心爱的杨贵妃，玄宗泪落如雨，他怎么能忍心赐死她呢？十几年来杨贵妃给过他多少欢乐的时光，他不能忘记长生殿里的恩爱。可是，面对此时的局面，他虽为一国之君也不知如何是好。他向高力士挥了挥手，转过身涕泪横流。

杨贵妃被逼赐死，年仅 38 岁。唐玄宗虽然逃过了危难，可他的余生却是在无限的抑郁中、对杨贵妃的无限思念中，终老而死。

爱情是一种心灵感应，它的深刻在于"心照不宣"的那种感觉。爱的最高境界在于"不可说"，把爱情深埋在心底，含在口中，流盼眼角，无不比挂在嘴上可贵，且撩动心扉。真爱一个人，无论何时何地，心情好与不好，都希望他陪在身边。真正的感情是没有丝毫的要求，只是希望两个人能在艰苦中相守。感情是付出，不是只想获得。

真正爱一个人是无法说出原因的。当所爱离开你时，你应该祝福他幸福快乐，因你是那么爱他。真爱一个人就要爱他的一切，爱他的好也爱他的坏，爱他的优点也爱他的缺点。不因爱他就随着自己的愿望而要求他变成自己想要的样子。

爱情在最纯美的时候，可以跨越生死。生命是随时可以终止的一项契约。爱情犹如长在峭壁悬崖边上的一朵带刺的玫瑰，想摘取就要有足够的勇气。距离产生的思念是不可泯灭的，当所爱不在身边时，生活显得那么不习惯，距离的疏远产生永久的思念。不是因为寂寞才想他，而是因想起他才备感寂寞。孤独的感觉越来越深重，是因为想念太深的缘故。

东风恶，欢情薄，一怀愁绪，几年离索
——沈园残梦

钗头凤

陆游

红酥手，黄縢酒，满城春色宫墙柳。

东风恶，欢情薄。

一怀愁绪，几年离索。

错！错！错！

春如旧，人空瘦，泪痕红浥鲛绡透。

桃花落，闲池阁。

山盟虽在，锦书难托。

莫！莫！莫！

简 析

红酥手：红润、柔软的手。黄縢酒：黄封酒，古时候一种官家酿的酒。这两句写唐琬把酒送给陆游喝。宫墙柳：围墙里一片绿柳。欢情：美满的爱情生活。东风无情，把美满的姻缘吹散了。词人用"东风"比喻拆散他们夫妇的封建家长。满怀都是愁苦的情绪。离别后孤独的生活。春景还是像当初一样的美丽。只是人却为了相思清瘦了许多。红浥：泪水沾了脸上的胭脂。鲛绡：薄绸的手帕。和着胭脂的泪水把手帕都湿透了。锦乡般的花园已经冷落了。山盟：永久相爱的誓言。锦书：锦字回文书，情书。托：寄。莫：罢了（表示无可奈何的感叹之声）。

陆游和他的表妹唐琬感情很好。因为陆游的母亲不喜欢唐琬，二人被迫分开。后来，陆游娶了别人做妻子。陆游有一年的春天，去沈园游玩，遇见唐琬。彼此心头都很苦恼。这首词就是陆游当时写在沈园墙上的。

南宋词人陆游，出生在越州山阳一个殷实的书香之家。他幼年时期，正值金国入侵中原，常随家人四处逃难。因此和舅舅家交往频繁。舅舅有一个女儿，名作唐琬。她文静灵秀，不善言语，但善解人意。与陆游年龄相仿，情意十分相投。两人青梅竹马，两小无猜，虽然是在兵荒马乱的年月，两个不谙世事的少年却相伴着，度过了一段纯洁无瑕的美好时光。随着年龄的增长，一种萦绕心肠的情愫在两人心中渐渐滋生了。

岁月流逝，在交往中，陆游与唐琬的感情更深。他把一只精美无比的家传凤钗送给唐琬作为信物，并且和唐琬一起发誓，直到沧海桑田，也不变。当时，人们经常可以看到他们手牵着手，漫步于芳草萋萋的绍兴城。一对情侣谈诗论赋，耳鬓厮磨，真是不知今夕与何夕。

公元 1144 年，陆游与唐琬结婚。婚后二人更加亲密，恩恩爱爱，形影相伴。陆游为了唐琬谢绝了一些朋友的酒宴，留在家中陪她。唐琬更是一片痴情。二人时常结伴出游，每日对月饮酒，吟诵诗句，沉浸在新婚的幸福之中。陆母经常听到儿子和儿媳欢快的笑声，她很满意地想："转过年，我就能抱上孙子了。到时候，又热闹了。"于是，老夫人把满心的希望寄托在未来的孙子上。然而，一晃三年过去了，陆老夫人抱孙子的愿望一直没能实现。看着陆游与唐琬，还是那么亲亲爱爱，犹如新婚燕尔。她对媳妇唐琬越来越看不顺眼，时时处处觉得唐琬让她不舒服。不是挑剔针线做得不好，就是责备唐琬不懂孝敬之礼。

一天，唐琬为陆母端茶，不小心把茶水溅在了老夫人的衣服上。陆母心里极为不快，她发火说："越来越变得粗手笨脚了，竟然连茶也端不稳？"唐琬连忙道歉："是我不小心，我再给您重新端上来。""不用了。"陆母的口吻非常强硬，她接着说："你下去吧。"唐琬只好默不作声地退出去了。陆母却依然在气头上，她在房中高声说："像你这样，也做得了陆家的媳妇？还是赶快送回去的好。"此时，唐琬并没有走远，陆母的话全听到了。她心中感到委屈，眼泪扑簌簌落下来。

唐琬回到房中，垂泪不语。陆游正在房中读书，看到她的样子，问到："是不是受了婆婆的气，还是想岳母大人了？"问者无心，听者有意。唐琬一听哭得更加伤心了。陆游听完前后原因，说："这是母亲一时的气话，你不必当真，待我去弄个明白。"陆老夫人正在闭目养神，见陆游进来，露出笑脸，道："游儿，快来陪我聊聊，我正闷呢。"
陆游正愁怎么向母亲开口，一见母亲心情好，就照直说了：
"母亲，唐琬自到咱们家，凡事小心。今天这点小事，您可
不要送她回去呀！"陆母一听，心里顿生不快。她脸一沉说
到："怎么？唐琬也太不像话，竟敢让你来说我的不是！"
陆老夫人心想："不如趁今天这个机会，送她回家，也省得
整天看得我心里不痛快。"她接着说："依我看，咱们陆家
也容不下她了，不如明日就让她回娘家去。"陆游一听，急
忙劝母亲："母亲，不要这样，您何必发这么大火呢。是我
自己要来的，不关唐琬的事，还求母亲看在孩儿份上，不
要休了她。""你越发没出息了。我主意已定，我不要再见
到她。"陆游哀求道："母亲，孩儿年已二十有余，可功未
成，业未就，幸得唐琬，才使儿感到愉快。您如今硬要拆
散我们，让我怎么受得了！"陆母听到他的话，勃然大怒：
"你这不孝之子！"陆游从未见母亲发过这么大火，心中有
点害怕了："孩儿从命便是。"陆母对陆游说："速修一纸休
书，将其休弃，否则老身与之同尽。"陆游是一个极孝顺的
人，又母命难违，被逼之下，他无奈地休书一封。唐琬见
陆游回来半晌没出声，心中已经明白了几分。良久，陆游
长叹一声说："母亲逼我把你送回娘家。你收拾一下吧。"
"你真的让我走吗？"唐琬一句话问出口，已经无法忍住压
抑的泪水。又能有什么办法呢？临别时，唐琬流泪送了一
盆秋海棠给陆游作为纪念，她说："这是断肠红。今后我将
漂流在外，此花由你好好养护。"陆游一听，也不禁泪如泉
涌。他说："该叫相思红。纵然天各一方，我也仍然记挂着
你。"曲终人散，他们各自寂寞与伤悲。陆游被迫另娶妻，

唐琬也被迫改嫁了。

十年之后，陆游回到家乡，偶然一次，他去绍兴有名的沈园游玩。古老的小城散发出一种似曾相识的温厚的香味，糅合着青苔和暖风的味道。渐行渐远，流水潺潺，杨柳依依，沈园就掩映在一片垂柳中。陆游随意慢步在沈园之中，让他没有想到的是，在园林深处的幽径上，正迎面款步走来一位凄然的女子。那是一张他多么熟悉的面孔啊，熟悉得使他不禁呆呆地站在那里，然而，十年又有一种陌生感，使他不得不回到记忆深处，去搜寻似曾相识的过往。他在这里遇见的正是昔日的爱人唐琬。当唐琬走到陆游身边的那一刹那，时光与目光都凝固了，两人的目光纠缠在一起，彼此都感觉到恍惚迷茫，不敢确定那到底是梦是真，眼帘中饱含的不知是思念、是深情、是哀怨还是怜惜。虽然尘满面，鬓如霜，仍不减他当年的雄姿英发；洗去铅华，她仍保持着当年的清秀与端庄。他望着她，相顾无语，只有数行清泪；她看着他，梦魂消黯，执手相看泪眼。好在一阵恍惚之后，已为人妻的唐琬终于提起沉重的脚步，留下深深一瞥之后走远了，只剩下个陆游在花园中怔怔发呆。

和风袭来，吹醒了沉在旧梦中的陆游，他不由得望着唐琬的身影，将目光探寻过去。来到池塘边柳树下，遥见隐隐约约中唐琬低头蹙眉，伸出玉手红袖，与一男子浅斟慢饮。这一似曾相识的场景，看得陆游的心都碎了，想必那一定是她现在的丈夫吧。想到此，昨日情梦，今日痴怨尽绕心头，陆游感慨万千，于是他提笔在壁上题了千古绝唱的《钗头凤》。

第二年春天，抱着一种莫名的憧憬，唐琬再一次来到沈园，徘徊在曲径回廊之间，忽然瞥见陆游的题词。她将手放在墙上，顺着他的字，一笔一画地写，轻轻的，真担心弄疼了。这是她多么熟悉的字啊，过去多少个月夜里，她为他红袖添香，他为她吟诗做赋。恩爱欢笑历历在目。而现在，这一切都成了回忆，只能追忆了。生有何苦，死有何哀，事到如今，让她情何以堪。唐琬反复吟诵着陆游书写的词，想起往日二人诗词唱和的情景，不由得泪流满面，又心潮起伏，在不知不觉中，她竟和出了一首词，题在陆游的词后：

钗头凤

世情薄，人情恶，雨送黄昏花易落。

晓风干，泪痕残。

欲笺心事，独语斜阑。

难！难！难！

人成各，今非昨，病魂常似秋千索。

角声寒，夜阑珊。

怕人寻问，咽泪妆欢。

瞒！瞒！瞒！

从这首凄绝的《钗头凤》可以看出唐琬的内心世界，它是异常无助和彻底绝望的。一句"咽泪装欢"似乎又使人看到沈园相逢时，唐琬那不可言状的悲哀。她也许不再悲哀了，她对世间的一切都已放弃。没有了爱情，没有了信念，连最后一次的相逢，都可以说没有任何必要，一切都无可挽回，今非昔比。沈园相逢只是给她撕裂的伤口上，洒满一层厚厚的盐。唐琬这首词表达了她旧情难忘而又难言的忧伤情愫，不久之后，她便郁郁而死。她的 26 岁的生命终于在那冷漠的世界中划上了一个句号，很少有人会想起她的名字。只有陆游，依然在那个长河落日的黄昏里，独自对着沈园的斜阳，空自吟诵自己的无尽的思念：伤心桥下春波绿，曾是惊鸿照影来。

唐琬郁闷愁怨而死后，陆游北上抗金，又转川蜀任职。历经近半个世纪的风雨后，陆游仍然把那段刻骨铭心的爱情埋在心底。他浪迹天涯数十年，企图忘却他们之间的凄婉往事。然而离家越远，唐琬的影子就越是在他心头萦绕。唐琬早已香消玉殒，陆游也已到了垂暮之年，然而他对旧事、对沈园依然怀着深切的眷恋。他常常在沈园幽径上踽踽独行，追忆着深印在脑海中那相逢的一幕，于是他写下了沈园怀旧两首诗：

城上斜阳画角哀，沈园非复旧池台。伤心桥下春波绿，曾是惊鸿照影来。

梦断香消四十年，沈园柳老不吹绵。此身行在稽山土，犹吊遗踪一泫然。

在陆游八十五岁那年春日的一天，他忽然感觉到身心爽适、轻快无比。原准备上山采药，因为体力欠佳就折往沈园。此时沈园又经过了一番整理，景物大致恢复旧观，陆游满怀深情地写下了最后一首沈园情诗：

沈家园里花如锦，半是当年识放翁；也信美人终作土，不堪幽梦太匆匆。

这是一种深挚无比，令人窒息的爱情。而芳华早逝的唐琬，能在死后四十余年仍然被爱人真心悼念，也可谓是一种幸福了。

如果，每一段爱情，都有始有终的话，那么每个人的一生只能有一次爱情。人是念旧的动物，但时间是残酷的，过去的就只能让它过去了，再要找回来也失去了原来的味道和意境！有多少人有两小无猜的幸运呢？青梅竹马当然非常值得羡慕，迷醉其中，享受那亦真亦幻的快感。是你的总是你的，有缘总会在一起！不用去强求什么。遗失的美好想起时也总有它的美好。

当爱情被迫不再的时候，请对你曾经爱过的人说句祝福。不要对他说"我恨你"，爱情是两个人的事，错过了彼此都不会开心。离开以后的落寞画面，请尽快调整。人总要重新开始，不要让过去的生活把你定格于悲哀的殿堂。不要轻易说，你最爱的是谁，人生路是很漫长的，明天是无法预知的。也许还有真爱正在前方等着你。不要把哀伤挂在嘴角、口头，活着不只是为了怀念昨天，还有太多的事值得去做。要对未来充满希望。你的坚强可以使你过得更好。爱是一个人的权利，不爱也是一个人的选择。平静地回忆你们的过去，痛快地哭个够，甩甩头，把一切留给昨天，再也不要触及。如果很想他，就好好想一起度过的美好时光。记得曾经彼此深爱过。别去管最后是怎么分开了，快乐地生活就好。

做回自己，把他归为记忆。一个人的世界同样有月升月落，也一样有美丽的瞬间。相信明天会更好。

薄幸萧郎憔悴甚，此生终负卿卿
——吴梅村的未了情缘

临江仙

吴梅村

落拓江湖常载酒，十年重见云英。

依然绰约掌中轻。灯前才一笑，偷解砑罗裙。

薄幸萧郎憔悴甚，此生终负卿卿。

姑苏城上月黄昏。绿窗人去住，红粉泪纵横。

简 析

此词"哀艳而超脱，直是坡仙化境"，为吴梅村与卞玉京多年重逢后所作，此中道出了作者对所爱女子的愧疚之情。时世的变迁，国家的兴亡令吴梅村伤心感慨，加之与深爱女子的那段未了情缘。如梦的年华，美好的爱情，乱世的悲伤，在字里行间表现得淋漓尽致。明王朝的灭亡，加之作者自身的优柔寡断，使作者失去了精神支柱，彻底断送了他与所爱的美好情缘。无尽的悔意非文字所能尽表。

清代诗人吴伟业，号梅村，出生在一个没落的书香之家，十四岁就能写一手好文章，是一位多才多艺的作家。

他学识渊博，著述很多，并且熟悉音律，擅长谱曲填词、杂剧传奇、绘画等。他与秦淮名妓卞玉京的爱情，是一个委婉伤感的故事，这段感情几乎影响了吴梅村的整个生活。尤其在他晚年时，作了许多诗来表示他对这段毫无结果的爱情的追悔。

卞玉京名赛，自号"玉京道人"。她出生在秦淮河畔的一个官宦人家，因为父亲早年身亡，卞氏姐妹后沦为歌妓。卞赛诗琴书画无所不能，尤擅小楷，且通文史。她的绘画技艺娴熟，落笔如行云，尤其擅长画兰花。且精于琴道，常往来于秦淮与苏州之间。她秉性高洁，居处一尘不染，时人有"爱洁无如卞玉京"之叹。卞赛虽是青楼女子，对初见的客人却不善应酬，但是如果遇到知音，她的诙谐谈吐，令人倾倒。

出身贫寒的吴梅村，在仕途上可谓一帆风顺，明朝末年，他连续考中举人和进士。这一年，吴梅村以会试第一、殿试第二的好成绩考取进士，被授予翰林院编修的官职。崇祯帝很赏识他的文章，因为他还没有成婚，崇祯帝高兴地赐他归里娶亲。得到皇帝的御赐成婚，可是光宗耀祖的大事，荣极一时。以后，吴梅村历任翰林院编修、南京国子监司、左庶子等职，是一位很有作为的朝官。同年，吴梅村在南京的胜楚楼为胞兄吴志衍赴任成都知府而饯行，刚好，卞赛、卞敏姐妹二人也应邀而来。看到卞赛那高贵脱俗而又含有几分忧郁的气质，吴梅村不尽倾倒。宴席上，卞玉京在扇面上题七绝诗，作为与吴志衍临别寄赠："剪烛巴山别思遥，送君兰楫渡江皋。愿将一幅潇湘种，寄与春风问薛涛。"她的慧丽聪敏，令初次见面的吴梅村倾倒不已。

卞玉京是个色艺双绝的女子，她感情细腻，颇有傲气，屡屡拒王孙公子于门前。然而，在相处时间比较长的知音面前，这位名噪一时的名妓常会有股哀怨之情流露，当被问及的时候，她却总是岔开话题。她的聪慧敏捷，文士之中也很少能比得上的。此时，卞玉京第一次遇到名满三吴的吴梅村，对他一见钟情，以致这位平素对初见之人一向很少应酬的名妓，竟然抛弃了她的矜持和高傲，在席间对吴梅村表白了爱慕之心，并当场作出以身相许的表示。在当时，这种敢爱并敢于在人前明确表达的举动是很少见的。卞玉京对感情的执著和坦诚可见一斑，她率直毫不隐藏的真诚也给在场的人带来极大的震撼。对于卞玉京这样一个青楼女子，主动追求一个男人是需要鼓足极大勇气的。当然，卞玉京这么做也是有原因的，她的秦淮姐妹中有许多人都嫁给了文人名士。

这原本可能是一段美好感情的良好开端。但是，吴梅村犹豫了。就是这片刻的犹豫给他们的爱情蒙上了不祥的阴影。吴梅村装作没有听懂卞玉京的话，顾左右而言他。他一再假装不懂卞玉京的意思。吴梅村是一个比较保守的文人，不像他的一些朋友那样风流，加上他出身寒门，是一位寒素谨慎缺乏大气的人，因此，才显出犹豫不决的样子。卞玉京是个"身为下贱，心比天高"的女子，只因动了真情，才不顾一切表白心意，但她并非不顾自尊，见吴梅村这样推脱，只好凝望着他，长叹一声，便不再多说话了。这次宴会之后，心高气傲的卞玉京的自尊心虽然受了很大伤害，却仍然没有放弃。相反，两人仍有往来，日渐交往频繁，感情渐深。但吴梅村毕竟是传统礼教束缚下的名流，对于卞玉京一再示意娶亲的表达，他始终在患得患失中犹豫着。

　　吴梅村对卞玉京也是一见倾心的，既然两情相悦，为什么吴梅村又矛盾不娶呢？当时明廷严禁朝官在自辖的地方纳民妇为妾，而吴梅村又恰是南国子监司业，官署正在南京，所以不敢犯禁。当然，吴梅村家中已有妻室，而且是崇祯皇帝亲旨特准他返乡迎娶，有"奉旨成亲"的说法，他与原配的婚姻既是皇帝点了头的，地位自然不同于一般妻室。而卞玉京毕竟是青楼出身，娶她回家，即使不为朝廷明令所禁，也多少会伤及他的"官声"，甚至可能引起皇帝的不悦。种种可能，吴梅村的胆小怕事枉费了卞玉京的一份深情，便有了他憾负一生的悔恨。他一向缺乏大气的作风，何况在涉及到千秋名节的大事前了？吴梅村就是这样一个瞻前顾后、谨小慎微的人，在爱情面前，他也表现出一副心有余而力不足的样子。

　　他们在一起相处了很长时间。细雨中，画阁里，樱桃花下，乌鹊桥头，都留下了丽影双双。吴梅村觉得有一种负罪感，毕竟，自己是个有家室的人，他一次次地想离去。虽然他也曾混迹青楼，但他从没有像今天这样对一个青楼女子动过真情。他感觉到，不能对这个深爱他的女子负责，是没有权利接受她付出的爱的。但是，卞玉京一次次地用她的柔情留住了他。直到吴梅村不得不离开南京时，他也没有接受卞玉京的以身相许。临别前的那一晚，卞玉京乘着夜色，为吴梅村吹笛以寄情，却终究没能换来他对这份感情的哪怕一个承诺。卞玉京终于明白以自己的身份，要

最美的诗词故事大全集

想得到完整的婚姻生活是不可能的，属于她的只有各种各样的逢场作戏。

当时局势发生了很大变化。李自成率领的农民起义军攻入北京，崇祯帝自缢于煤山。吴梅村在家中，闻讯后号啕大哭，欲自缢，幸被家人所觉。吴梅村为此大病了一场。他的好友王翰国约他一起出家，吴梅村以舍不得家人为由拒绝。王翰国独自焚书出家。吴梅村于顺治十年，在各方的压力和清廷的逼迫下出仕清朝。

后来，南京陷落之时，清廷在南京大量征集教坊歌女，所有身在乐籍的女子都在候召之内，艳名远播的卞玉京更有随时被征召的可能。在这天崩地裂的危难时刻，卞玉京显示出了过人的胆识与沉着。她虽身在青楼，却不甘心沦为杀戮同胞的异族的取乐工具，于是悄悄改换了一身道装，只带了少量钱物和最爱的古琴，避过清军的注意，来到了江边。就这样她登上船只，顺江东下，从随波逐流的命运中机智地抽身出来。她这一身道装里包裹着高洁的情操。这个弱女子，为了抗拒清军的传召，竟以超乎寻常的勇气，于兵荒马乱之间毅然冒险出奔，她的胆识和气节，实在是身受明朝深恩却屈身事敌的吴梅村所不可比的。

吴梅村自秦淮与卞玉京分别之后，可说是相思成灾。五年后的一个偶然机会，吴梅村去常熟钱谦益家中做客，有意提起卞玉京。钱谦益见他言语之间极为关切，便打算撮合这一段姻缘，便说卞玉京就在城中，并邀请她来府上。卞玉京应邀而来，却直接奔内宅去见钱谦益夫人柳如是。经再三派人去请，她知吴梅村在，只借口身体不适，说另外择日再访他。咫尺天涯，却不得见。吴梅村黯然神伤，以四首诗赋寄托相思追悔之情，即《琴河感怀》四首。写罢怅然长叹：是自己负玉京在先，又能如何呢?! 其实，卞玉京对这一段若有若无的感情是非常怀念的。如果她真的已经放下和吴梅村之间的感情，那就没有必要避而不见了。剪不断，理还乱，不知相见之后又能怎样? 因此她才托病不出。

尽管吴梅村在钱府宴会之后又一次踌躇不前，再也没来找过她，卞玉京还是没有失言。第二年初春，她带着一身料峭春寒，翩然来到姑苏，在历经了八载别离之后，终于又和吴梅村重聚了。就是这次相会中，卞玉京借着抚琴歌弹，倾诉了南京陷落前后自己的亲历亲闻，感叹整个神州河山都已经残破不堪，自己一个人的沦落又哪还值得哀怨呢? 这深深震撼了吴梅村，二人回首往事，想到整整10年以前，陈圆圆恰于此地被挟行北上，从此之后辗转万里，这才引发了吴梅村借陈圆圆的身世浮沉来唱讽兴亡的意念。那首传世名作《圆圆曲》也正是完成于这次听琴之后。吴梅村经此一会后，仍旧没有任何迎娶卞玉京的表示。此次相会成了吴梅村与卞玉京的最后一次见面。

此后，卞玉京嫁给了浙江一户世家子弟，但婚姻并不如意，不久后，她将侍女柔柔作为替代，她则依附于吴中良医郑保御。郑保御已经年过七十，他不仅是一位名医，也是一位名士。他对卞玉京的人品才情极为敬重，特地为她建筑别宫，赠以厚资，使她可以安度余生。于是卞玉京就在那里长住下来，开始潜心修道，持课诵经，戒律甚严，在晨钟暮鼓中度过了余生。她为了感谢郑保御对自己的恩德，蘸着自己的舌血花三年时间为他写成一部《法华经》。

十几年后，卞玉京在平静的生活中去世，死前郁郁寡欢，对自己的感情，她含恨终生。康熙十年，一代诗人吴梅村在家乡病逝。他对与卞玉京的那段爱情仍然不能释怀，作了一首《临终诗》：

忍死偷生廿载余，而今罪孽怎消除。受恩欠债须填补，总比鸿毛也不如。

在生命的弥留之际，吴梅村的眼前一定浮现过卞玉京的身影，她的眼里一定充满着忧伤、爱恋和怨恨。

此情可待成追忆——传说中的爱恨情愁

爱情是需要明确表示的。爱她就勇敢地告诉她，便不会给自己留下永恒的伤痕。有些时候，爱是要明确表示出来的，尽管无言的行动会证明你的爱，但是如果你真的爱着对方，就不必吝啬那一句话。爱一个人却没有勇气让他明了你的心是最痛苦的事情。

爱她就告诉她，就不会让自己终生悔恨。如果随着激情与浪漫的消失，你对一个人的关心与牵挂仍然丝毫未减。那说明你真的是爱他了。生命中最悲哀的事莫过于放弃内心所爱的人远走。无论你追逐多久，你却不能使他领会到你的爱，还是要让他走，无能为力，是极其痛苦的。

爱她就告诉她，就不会错失美好的感情。在失去的时候才懂得曾经拥有过。在付出爱的时候，谁也不确定会得到回报，也许有许多话你永远也不可能从你期望的人的口中说出，这将是最大的悲哀！如果你爱着他，为什么要伪装说不爱？

爱她就告诉她，把握每一次机会，她才会明白你的真感情。爱属于那些曾灰心失望却仍继续期待的人，爱属于那些曾被欺骗却仍坚信美好的人，爱属于那些纵然伤痕累累，却仍渴求爱的人。不要让你喜欢的人太过难过和痛苦！如果你爱她就告诉她。也许跟一个人反目只需要一分钟的时间，然而，忘记一个爱人却要花上一生的时间。

什么样的人才是最快乐的？是那种因爱而哭的，因爱而受伤的，追求过爱情的人，尝试过爱情的人。勇敢地表达你的感情吧，珍惜你的所有，你将会快乐无比。所有的事情要在还没有失去时，就应懂得好好珍惜，不要每次都要等到失去后才后悔。告诉自己，对一个值得爱的人，道出你的真情，哪怕毫无结果，也不会后悔，因为她的存在，生活才会如此多彩。

最美的诗词故事大全集